# Belarta rikolto 2024

## Premiitaj verkoj de la Belartaj Konkursoj de Universala Esperanto-Asocio

I0617918

# Belarta rikolto

## 2024

Premiitaj verkoj de la
Belartaj Konkursoj
de Universala Esperanto-Asocio

**Mondial**
Novjorko

**Belarta rikolto 2024**
Premiitaj verkoj de la Belartaj Konkursoj de
Universala Esperanto-Asocio (UEA)

La regularon pri la Belartaj Konkursoj de UEA oni povas legi en:
uea.org/teko/regularoj/belartaj_konkursoj

Redaktinta teamo: Miguel Gutiérrez Adúriz, Miguel Fernández,
Ulrich Becker

*Pri la lingva kvalito de la tekstoj respondecas la aŭtoroj mem.
Ni nur korektis la plej evidentajn mistajpaĵojn kaj erarojn
kaj iomete unuecigis la formaton.*

ISBN: 9781595694867
*www.esperantoliteraturo.com*

# Enhavo

## Rezultoj de la Belartaj Konkursoj 2023

### BRANĈO POEZIO

*Juĝkomisiono: Krys Williams, István Ertl, Mao Zifu. Partoprenis 24 verkoj de 13 aŭtoroj el 10 landoj [6 el Azio, 1 el Ameriko, 17 el Eŭropo]*

La unua premio estas aljuĝita al "Litera turo" de Evgenij Georgiev el Kazaĥio.

La dua premio estas aljuĝita al "Reveno" de Evgenij Georgiev el Kazaĥio.

La tria premio estas aljuĝita al "Mia lasta vizito" de Benoît Philippe el Germanio.

### BRANĈO PROZO

*Juĝkomisiono: Trevor Steele, Julian Modest, Anina Stecay. Partoprenis 18 verkoj de 12 aŭtoroj el 8 landoj [2 el Azio, 2 el Ameriko, 14 el Eŭropo].*

La unua premio estas aljuĝita al "Brodita tuketo" de Ewa Grochowska el Francio.

La dua premio estas aljuĝita al "Plano B" de Debra Hamel el Usono.

La tria premio estas aljuĝita al "Lia sekreto" de Cho Sung Ho el Koreio.

### BRANĈO MIKRONOVELO

*Juĝkomisiono: Trevor Steele, Nicola Ruggiero, Antonio Valén. Partoprenis 35 verkoj de 16 aŭtoroj el 12 landoj [9 el Azio, 6 el Ameriko, 20 el Eŭropo].*

La unua premio – premio Paula Adúriz – estas aljuĝita al "Enamiĝinto" de Jorge Rafael Nogueras el Usono.

La dua premio estas aljuĝita al "Unuaj amrendevuoj" de Jorge Rafael Nogueras el Usono.

La tria premio estas ne aljuĝita.

Honora mencio estas aljuĝita al "Ridetema soldato" de Yin Jiaxin el Ĉinio.

### BRANĈO TEATRAĴO

*Juĝkomisiono: Saša Pilipović, Georgo Handzlik, Alena Adler. Partoprenis 1 verko de 1 aŭtoro el 1 lando [1 el Eŭropo].*

La unua premio estas ne aljuĝita.

La dua premio estas ne aljuĝita.

La tria premio estas aljuĝita al "La Krimulo kaj la Floro" de Raffaele Del Re el Italio.

### SUBBRANĈO MONOLOGO KAJ SKEĈO

*Juĝkomisiono: Saša Pilipović, Georgo Handzlik, Alena Adler. Partoprenis 2 verkoj de 2 aŭtoroj el 2 landoj [2 el Eŭropo].*

La unua premio – premio María Cuevas – estas ne aljuĝita.

La dua premio estas. aljuĝita al "Nova fianĉino" de Ewa Barbara Grochowska el Francio.

La tria premio estas ne aljuĝita.

## BRANĈO ESEO

*Juĝkomisiono: Gotoo Hitoshi, Antonio Valén, Giridhar Rao. Partoprenis 4 verkoj de 3 aŭtoroj el 3 landoj [1 el Ameriko, 1 el Azio, 2 el Eŭropo].*

La unua premio - premio Luigi Minnaja - estas ne aljuĝita.

La dua premio estas ne aljuĝita.

La tria premio estas aljuĝita al "De drako al loongo: la malfacila tasko esperantigi ĉinajn vortojn" de Rafael Henrique Zerbetto el Brazilo.

## INFANLIBRO DE LA JARO

*Juĝkomisiono: Ricardo Albert Reyna, Jeong-yeol Jang, Martin Markarian. Partoprenis 14 infanlibroj de 6 eldonejoj el 6 landoj [1 el Ameriko, 13 el Eŭropo].*

La premio "Infanlibro de la jaro" estas aljuĝita al la Eldonejo "Esperanto-Asocio de Britio", pro la verko "Doktoro Esperanto kaj la lingvo de Espero" de Mara Rockliff, ilustrita de Zosia Dzierżawska.

## BRANĈO KANTOTEKSTO

*Juĝkomisiono: Ankie van der Meer, Ĵak Le Puil, Flavio Fonseca. Partoprenis 12 verkoj de 5 aŭtoroj el 4 landoj [2 el Ameriko, 3 el Azio, 7 el Eŭropo].*

La unua premio estas aljuĝita al "En la trajno de mil duboj" de Jorge Rafael Nogueras el Usono.

La dua premio estas aljuĝita al "Liven Dek, diru jam!" de Jorge Rafael Nogueras el Usono.

La tria premio estas aljuĝita al "Lasta amo" de Ewa Barbara Grochowska el Francio.

Honora mencio estas aljuĝita al "Sen vi" de Virágh Ferenc el Germanio.

Honora mencio estas aljuĝita al "Inferaj inaj vivoj" de Serĝo Sir' el Francio.

*Miguel Gutiérrez Adúriz*
*Sekretario de la Belartaj Konkursoj de UEA*

*Evgenij Georgiev*

## Litera turo

Fortres' fortika via hejmo estas;
Tureg' hejtita per la libra var', –
Per varm' de koroj kaj per paperar'.
Jen nesto de feliĉo – mi atestas!

Vizio vian domon alivestas...
Nun tio jam similas al koŝmar':
De strangaj signoj la kaŝita mar'
El ombro verŝas sin kaj manifestas.

Pli logas nekonata logogrif',
Sofite kronas ĉion la soif'
Pri damn', pri amo aŭ eĉ pri aŭguro.

Krucvorte flagras, konsterninte vin,
El ĉiuj eblaj vortoj sur la muro
Nur «Mene, mene, tekel, ufarsin»...

*Evgenij Georgiev*

# Reveno

1.

La Granda Muelilo voras ostojn,
Eĉ mastrojn, astrojn, jarojn neniigas.
Preteras sole ŝtoniĝintaj ostroj;
Per perloj de l'enigmoj pensojn ligas.

Ne mueliĝas same rememoroj,
Kvazaŭ ĉi perloj el alia mondo, –
En koridor' de l' mort' krevantaj koroj,
Malvanta fajro de ĉiela rondo...

2.

Patruj' alvokis pagi min per karn'
Kaj ŝovis al blankarda seneskapa forno.
Fantom' de l' venk' provizis nin per arm',
Ululudante per la batalema korno.

Kaj feliĉege ridis general',
Ĉar tre perfektis ĉiu ja en sia rolo.
La reĝisoro-morto per mitral'
Parolon nin adresis, premis en kontrolo...

Fandiĝis buntaj sentoj kaj metal',
Maldistre svarmis niaj trupoj, kiel vermoj,
Sur itineroj kondukantaj al
Triumfo glora aŭ al ĝiaj klaraj ĝermoj.

Sed iutage falis rekvizit';
Distranĉis Teron ĝi kaj tanĝe – miajn krurojn.
Tuj ekbukanis menson la hezit'
Sur braĝo de la ĉirkaŭantaj min teruroj.

3.

Jen turpa ŝrumpa stumpo
De l' fosto survoje,
Animo je la plumbo
Jam plenas refoje.

Tre simplas kaj precizas
La viv' de soldato.
Ŝuldant' pri ŝuld' konscias
Sen loko kaj dato.

La prognozistoj pravis:
Plu pluvas obuse.
Min la malico trafis,
Fuzante obtuze.

Malico, la plej nigra,
Nun limas al timo.
Sed kiras-trajno pigra
Kuntrenas kutimon.

Ĉe fin' de la vojaĝo
Vagonoj malplenas.
Domaĝo kaj omaĝo –
Kompanoj manpremas.

*Benoît Philippe*

# Mia lasta vizito

Mondfore en langvoriga vilaĝo
ĉe topaza lum' ekvintra
mi sonorigas ĉe li…
lasas min konduki de lia edzino
en postan kabineton kun kuriozaj
araneaĵoj muŝetozaj.

Sub tiaj rozvitraloj
ĉe ciborio da ĉipsoj
li ekstaze antaŭ ekrano
jubilas pro novaĵoj de dio
de l' milito – kaj lamentas:
"Se nur ne dolorus
miaj plandoj kaj anus'!"

Kia demono en li tiom uraganis
ke li bezonas ciniki, haton gurdi,
kunludi la titanojn,
rigardi ciklope
ĉian pacemon mensoga
kaj perforton prave loga?

El lia monologo ŝvelfraza
dezerta je amo kaj kompato
mi provas eskapi, nur eskapi
ĉar konsterno troas, kontraŭdiroj bacas,
klakas – kvazaŭ lia nimbo – vizia flago:
sanga skalpo de soldato.
Kial bolas li, ho ve, mia frato?

*Ewa Grochowska*

# Brodita tuketo

Tiun vintron la gepatroj luis la izolitan ĉaledon en la montaro. Ni alvenis tien per trajno, frumatene. Mia fratino kaj mi tre ĝojis, ĉar de la stacidomo ĝis la ĉaledo ni veturis per droŝko. Krome, la koĉero konsentis, ke mi sidiĝu apud li. Dum la du ĉevaloj kuris vigle, stimulitaj de la vipo fajfanta enaere, mi remalkovris tiun urbeton ĉirkaŭatan de montoj, en kiun mi jam venis dufoje. La urbeto estas landfama, placa skistacio, taŭga ne nur por bonaj skiantoj sed ankaŭ por infanoj. Ĝi ankaŭ estas fama pro siaj belegaj, lignaj ĉaledoj. Ĝiajn pordojn, balkonojn kaj fenestrobretojn ornamas ĉizelitaj folkloraĵoj. Regis tie aparta etoso. Sur la ĉefa strato, la turistoj renkontis la montaranojn tradicie vestitajn. La viroj portis pantalonon el drapo, broditan sur la femuroj, kaj mallongan pelerinon, broditan surdorse kaj surbruste. Ilian talion ĉirkaŭis larĝa ledzono. Ĉiuj havis surkape nigran ĉapelon, ornamitan per konketoj kaj per vera birdplumo. La virinoj vestitaj de ŝafpeltoj, nebutonitaj malgraŭ la malvarmo, marŝis fiere, movante siajn florumitajn jupojn. Sur la blankaj ĉemizoj de la montaraninoj, super iliaj mamoj malliberigitaj en premantaj surkorsaĵoj, saltetis kolieroj el vera, ruĝa koralo. Kelkaj virinoj kaŝis siajn harojn sub motivkoloraj kaptukoj, aliaj havis longajn harplektaĵojn. Vespere, la urbocentron animis la folklora muziko. Ankaŭ en la restoracioj, grupoj da muzikantaj kaj dancantaj montaranoj akompanis la gastojn.

La unuan nokton, malgraŭ la postvojaĝa laceco kaj la post-tagmeza trihora neĝrakedado, mi dormis maltrankvile. Mi mult-foje vekiĝis pro ŝajne kverela interparolado de viroj ekster la ĉaledo. En la dormo mi troviĝis en la korto kovrita de neĝo kaj mi kuris direkte en la arbaron, plej eble rapide, por eskapi du virojn vestitajn de nekonataj al mi uniformoj. Tiuj homoj terurigis min. Tamen, subite miaj kruroj senfortiĝis, ili estis kiel el "kotono" kaj mi falis. La du viraĉoj perforte tiris min al la veturilo kaj ili enfermis min ene de ĝi.

En la tago, mi forgesis mian noktan koŝmaron. Mia fratino ludis per luĝo, dum mi plezure skiis. Poste ni batalis kun la gepatroj per neĝbuloj. Tamen ekde mi enlitiĝis, ekkaptis min neklarigebla malbonfarto.

Mia fratineto tordiĝis en sia lito kun la vizaĝo strange grimacanta. Dum ŝi dormis, ŝiaj manoj batalis, kvazaŭ ŝi volus repuŝi nevideblan agresanton. Mi alparolis ŝin, sed ŝi ne reagis, ŝi estis fakte profunde dormanta. Matene, ŝi rakontis al ni sian premsonĝon. Dum ŝi faris neĝhomon sur la korto, alvenis agresema hundo. La graŭlanta besto kaptis ŝian jakon kaj ĝi malebligis al ŝi reveni en la ĉaledon.

Post du trankvilaj noktoj, mia malkvieto revenis. Repuŝante la dormon, mi streĉis la orelojn. La neĝo knaris sub iuj paŝoj. Mi proksimiĝis al la fenestro kaj malfermis ĝin. Vestita nur per piĵamo, mi tremis pro la frosto, sed mia scivolemo estis tre forta, do mi staris kaj mi observis la korton. La spaco inter la arbaro kaj la ĉaledo ne plu aspektis same, kiel en la taglumo. La nigraj konturoj de la montoj, la ombroj de altaj abioj, projekciataj sur bluetan neĝon, la ĉielo steloza sed iom brumvualita, igis la pejzaĝon mistera, preskaŭ nereala.

Subite, mi rimarkis siluetojn de infanoj. Nesufiĉe vestitaj kontraŭ la frosto, sur la nudaj piedoj ili surhavis strangajn lignoŝuojn. Ili portis nek bluzojn, nek langantojn. Tamen ili marŝis ĝoje, unu post la alia, al la kortaj ludiloj. Forviŝinte el la tobogano la polvan neĝtavolon, ili interpuŝis sin por grimpi la ŝtupareton. La plej juna knabineto, kun pluŝurseto enbrake, sidiĝis sur la balanciltabulo. Post iom da tempo, prenante sin permane, ili formis rondodancon. Unu knabino eniris en la rondon kaj ekkantis : "Mi havas broditan tuketon, kiu havas kvar angulojn, mi donacos ĝin al tiu, kiu kisos min". Kaj ili ĝojege dancis. Mi sentis nerezisteblan deziron ludi kun ili. Mi surmetis la anorakon sur la piĵamon kaj mi blindokule malsupreniris sur la teretaĝon. Bedaŭrinde, la granda, enireja pordego jam estis riglita. Kun la koro batanta mi revenis al la unua etaĝo kaj mi saltis tra la fenestro. Bonŝance la dika neĝamaso malpliigis la falŝokon. Mi tuj leviĝis kaj impetis al la tobogano, sed la infanojn mi ne plu vidis. Elrevigita, mi sekvis la spurojn de la infanpiedoj, kiuj ronde ĉirkaŭis la korton, sed vane; kvazaŭ tiuj infanoj venintaj el nenie ajn, subite vaporiĝis. Tamen apud la balancilo, en la neĝo, kuŝis bele brodita tuketo. Mi kaŝis ĝin enpoŝen kaj mi reiris al la ĉaledon.

Mi ne kuraĝis sonorigi, por ke oni malfermu la pordegon, do mi sidiĝis sur la ŝtuparo kaj mi endormiĝis. Oni trovis min matene en la stato de hipotermio. Kiam mi rekonsciiĝis, mi elpoŝigis la naztukon, sur kiu videblis bele broditaj papavetoj kaj cejanetoj, sed mi nenion klarigis pri ĝi. Timante, ke la gepatroj kredus pri ia halucino dum la hipotermio, mi ne rakontis pri la infanoj. Mi gardis la naztukon inter la trezoroj de mia infanaĝo. Multaj jaroj pasis antaŭ ol mi revenis en la montaran vilaĝon. Mi troviĝis ĉi tie pro iu profesia vojaĝo kaj profitante de kelkaj horoj da libertempo mi decidis iri al la ĉaledo. En miaj okuloj de plenkreskulo ĝi aspektis pli malgranda ol tiu, kiun mi rememoris estinte okjara knabo. Ĝi ne plu estis tiel izolita, oni konstruis apude novajn domojn. Tamen, ankoraŭ regnis en tiu loko aparta silento. Mi retrovis la posedanton de la ĉaledo, la saman, kiu akceptis nin en la memorinda vintro. Kiam mi alvenis ĉe li, la blankbarbulo, kies hartufoj falis senĉese sur liajn okulojn, troviĝis funde de la ĝardeno. Li okupiĝis pri siaj abeloj. Ni sidiĝis inter la abelujoj kaj li rakontis al mi siajn travivaĵojn.

"En la dua mondmilito, nia vilaĝo, situanta apud la landlimo, estis la kaŝpasejo por la homoj persekutataj de la nazioj. Malgraŭ la timego pro la denuncoj, ni kaŝis ĉe ni multajn juddevenajn familiojn. De tempo al tempo ankaŭ la diversnaciajn fuĝantojn, kiuj eskapis el la koncentrejo. Kelkajn monatojn antaŭ la fino de la milito, oni kondukis al ni kvin gefratojn. Ni antaŭvidis kaŝi ilin nur unu semajnon, sed la gvidisto, kiu devis organizi ilian landliman trapason, estis arestita. La infanoj restis tutan tagon enfermitaj en la kelkmetra spaco, malantaŭ la kuireja nutraĵbretaro. Pro la proksima ĉeesto de la germanaj soldatoj, kiuj venis en la vilaĝon por ripozi kaj por skii, la infanoj rajtis nek paroli, nek tusi, eĉ nek purigi siajn nazojn. La pliaĝa knabino, Rakelo, ofte brodis sub la kandela lumo. Kelkfoje, ni permesis ilin eliri nokte sur la korton. Ili ĝojis pro la neĝo, spiris la freŝan aeron kaj dancis.

Iam, post la fuĝo de du malliberuloj, venis la nazioj akompanataj de siaj hundoj. Tiun nokton la infanoj ludis antaŭ la ĉaledo. La hundoj incititaj de la SS-anoj kuris al la infanoj. Terurigita, la malpliaĝa knabino laŭte ekploris. Mia edzino eliris el la ĉaledo. Ŝi estis kuranta al la etulino, sed ŝi falis mortpafita. Mi ricevis serion da kugloj, do ili lasis min sangantan sur la neĝo, certe konvinkitaj, ke mi estas morta. Neniu sciis, kio okazis al la infanoj, kiujn la SS-anoj enigis en la kamionon. Ofte, la vintrajn noktojn, mi ankoraŭ aŭdas iliajn ridojn."

*Debra Hamel*

## Plano B

Lia saĝhorloĝo pepis averte: Nekutime rapide batis lia pulso. "Ne ŝerce!" Riĉjo laŭte diris. Li ĵus alvenis hejmen kaj kuris supren al la dormĉambro. Starante tie, spirante forte, li sentis sin kvazaŭ krevonta. Li havis impulson salti supren-malsupren aŭ surplankiĝi por fari puŝlevojn, sed ne disponeblis al li multe da tempo: Jana revenos hejmen post ĉirkaŭ dudek minutoj. Antaŭ tio, li devos purigi sin, kvietigi sin, kaj ĝenerale igi sin kiel eble plej ordinaraspekta, por ke ŝi ne rimarku ion suspektindan. Li devis ankaŭ kaŝi la monon. Li elpoŝigis manplenon da falditaj biletoj – preskaŭ du mil dolaroj!—kaj enŝovis ilin en longan ŝtrumpeton. Tiun li buligis kaj metis en komodan tirkeston malantaŭ siajn kalsonojn. Certa ke Jana ne trovos ĝin tie, li senvestiĝis, rapide sin duŝis, kaj revestiĝis per puraj vestoj. Poste, li prenis de sur la planko siajn demetitajn laborvestojn kaj faligis ilin en korbegon por lavotaĵoj. Tuj, tamen, li rememoris elpoŝigi de la lavota pantalono ankaŭ sian kravaton – vestaĵon devigitan ĉe sia firmao. Ĝi estis unu el liaj plej bonaj, el silko, kun malgrandaj, flavaj lozanĝoj punktantaj fonon ruĝan aŭ verdan – kiun li ne sciis. Li posedis du tiajn kravatojn, unu el ĉiu koloro, sed ili ŝajnis al li pli-malpli similaj, nur kun iomete malsamaj nuancoj de grizo. Rigardante la kravaton, li bedaŭris, ke li ne portis hodiaŭ alian, pli malnovan kaj malpli bonan. Sed komprenebleble, ĉi-matene li ne antaŭvidis, kion li faros ĉi-nokte. Li staris momenton, kravato-en-mane, ŝanceliĝante opinie. Ĉu li ĝin retenu aŭ forĵetu? Fine li decidis, ke forĵeti ĝin estos pli saĝe. Verŝajne estis sur ĝi DNA-indico – ne sango, li supozis, sed certe salivo kaj ŝvito. (Ĉu estas DNA en ŝvito? Li ne sciis, kaj li nepre ne sciiĝos nun. Estus malsaĝe havi tiajn terminojn en lia lastatempa serĉhistorio.) Aldone, kaj pli grave, li maltrankviliĝis ĉar ŝajnis al li verŝajne, ke tiu stultulo vidis la kravaton ĉi-nokte, kiam Riĉjo uzis ĝin por ĉirkaŭpremi lian gorĝon.

Se jes, kaj se tiu iam vidus Riĉjon porti ĝin estontece...nu, tio komprenebleble estis evitenda.

La bruo de la garaĝpordo interrompis liajn pensojn. Jana revenis hejmen post sia monata libroklubo-renkontiĝo. Riĉjo ekrigardis ĉirkaŭ la dormĉambro por kontroli, ĉu li ion forgesis – ĉio estis en ordo. Tiam li fermis la okulojn, malrapide elspiris, kaj kalkulis siajn korbatojn. Post dek kvin, li estis preta. Li ĵetis la kravaton en ĉambran rubujon kaj malsupreniris por kuniĝi kun sia edzino.

#

"Mi havas novaĵon," Jana diris tuj kiam li eniris la kuirejon. Ŝi staris kun la dorso al li, translokante aĵojn el sako al tablo – dikan romanon, ujon por okulvitroj, notlibron. "Mi parolis kun Sara. Ŝi kaj Filberto denove estas paro. Kompreneble."

Kiam Riĉjo tion aŭdis, lia koro, tiel lastatempe trankviligite, ekbatis forte kontraŭ la bruston. Estis bone, ke Jana ĝuste tiam ne rigardis lin, ĉar lia ŝokita mieno ne konvenis al la situacio. Li komencis denove kalkuli korbatojn dum li provis normaligi sian esprimon. Jana parolis pri sia fratino, kiu fianĉiĝis preskaŭ ses monatojn kun la (laŭ Riĉjo) ridinde nomita Filberto. La paro fakte estis geedziĝonta baldaŭ, sed antaŭ kelkaj tagoj okazis kverelo, pro kio ili disiĝis kaj nuligis la geedziĝan feston. Aŭ tiel Riĉjo pensis.

"Mi sciis, ke ili denove kun – Kio?" Jana diris. Ŝi ĵus turnis sin por fronti lin. "Kia diabla mieno estas tio? Mi pensis, ke vi ŝatas lin." Ŝi rigardis lin scivoleme, kun brovoj kuntirintaj. Ŝajne li ne sukcese ĝustigis la vizaĝon.

"Mi ja ŝatas lin," Riĉjo diris hezite. "Aŭ, mi ŝatis lin…antaŭe. Mi celas, antaŭ ol ili disiĝis. Sed li estis kulpa pri tio, ĉu ne? Ĉu ni ne estu subtenantoj de Sara?"

"Ili ambaŭ iomete kulpis," ŝi diris. Ŝi returniĝis al la tablo. "Sed ĉiuokaze, la kverelo ne estis grava. Kiel mi diris, mi sciis, ke ili denove kuniĝos."

Li pripensis la horoj-longan telefonkonversacion inter la fratinoj, kun plorado flanke de Sara. Tio, kion li subaŭdis, sugestis al li, ke okazis katestrofa, neripatebla fino de la amrilato. "Ĝi ŝajnis al mi grava," li diris.

"Ne vere."

Ege perturbis lin, ke li tiel malbone miskomprenis la situacion. "Do, la geedziĝfesto ankoraŭ okazos?" li demandis. "Ĉu ili nuligas la nuligon?"

"Ĝi neniam estis nuligita."

"Mi pensis, ke ĝi estis!"

"Ne. Mia fratino diris, ke la rilato estis finita, sed la tuta afero temis nur pri koleraj vortoj, ĉu ne? Tio signifis nenion. Cetere, estus ege multekoste nuligi ĉion ĉi-punkte. Ŝi ne estas stulta."

"Ĝuste," li diris, sed li restis konfuzita. "Ĉu la ceremonio ankoraŭ okazos la saman daton?"

"Jes, komprenebleé. Kaj la antaŭan vendredon estos antaŭnupta vespermanĝo. Ni ĉeestos."

"En ordo," li diris, penseme. "Ĉio do restas neŝanĝita, ĉu ne? Ŝi kapjesis.

"Bone," li diris. "Vere, tio estas bonega novaĵo." Kaj li parolis honeste, ĉar jam de kelka tempo li esperis, ke la geedziĝo de Sara kaj Filberto estos feliĉiga afero—por li.

#

Verdire, Riĉjo neniam ŝatis Filberton. Pri tio li mensogis. Ne plaĉis al li trompi sian edzinon, sed por konservi la pacon en familio, foje necesas esti malpli ol tute honesta. La problemo kun Filberto, laŭ Riĉjo, estis tio, ke li akiris pli da sukceso ol li meritis. Filberto ne estis aparte inteligenta aŭ ĉarma aŭ interesa. Fakte, li estis tute ordinara. Riĉjo ne povis identigi ajnan Filbertan econ, kiu povus klarigi lian bonan fortunon. Tamen, la neniulo ŝajne glitis senprobleme tra la vivo. Li gajnis multe da mono per frua aĉeto de Bitmono – antaŭ ol Riĉjo eĉ aŭdis pri tiu pagsistemo. Li ricevis salajro-altigojn kaj promociojn ĉe laboro senpete. Li efektive trovis monon sur la strato – trifoje en la lasta duonjaro! Aldone al ĉio ĉi, kaj plej ĝene, Filberto ĉiam nomis Riĉjon "Riĉulo" – kun ŝajna amikeco, jes, sed ĉiufoje Riĉjo demandis sin, ĉu Filberto eble iomete mokis lin.

Kolerigis Riĉjon, ke Filberto vivis tiel senpene, preskaŭ stumblante kontraŭ stakojn da mono, malgraŭ ke li estis tiel ĝena kaj malimpona. Dume, Riĉjo – kiu estis (laŭ si) pli inteligenta ol Filberto kaj pli bona ĉiamanere – baraktis kontraŭ ŝuldo. Komprenebleé, lia financa embaraso temis nur pri misfortuno:

malpli da komerco laboreje, malbonaj investoj, malsaĝaj prunte-
donoj al nefidindaj konatoj. Pasintece, kiam ajn li ŝuldis, li ĉiam
kapablis reamasigi ŝparaĵon, sed lastatempe ne. Ĉiuj liaj planoj
malsukcesis, kaj la ŝuldo pligrandiĝis. Ĝis nun li sukcese kaŝis la
situacion de Jana, sed li jam elprenis de ilia komuna bankkonto
tiom kiom li kuraĝis. Baldaŭ ŝi certe rimarkos. Li ne volis
maltrankviligi ŝin. Kaj li ne volis, ke ŝi iam bedaŭru, ke ŝi edzigis
lin – ne riĉulon sed fakte la malon.

Antaŭ du monatoj venis en lian kapon ideo. Eble Filberto
povus esti utila malgraŭ sia ĝeneco: Li havis monon, kaj Riĉjo
tion bezonis. Riĉjo decidis, ke baldaŭ post la geedziĝo li petos
de Filberto prunton (espereble sen interezprocento). Dume, li
devigos sin esti pli amika al sia estonta bofrato. Riĉjo esperis,
ke tiu ŝajna amikeco kaj ilia parenceco post la nupto inklinigos
Filberton esti grandanima kiam alvenos la peto-horo. Li do
komencis komuniki kun Filberto per tekstmesaĝoj, plusendante
al li amuzajn memeojn kaj katajn filmetojn, kaj li volontulis helpi
lin movi meblojn en sian domon. Li eĉ komencis amike frapi
Filberton surdorsen, kiam ajn tiu nomis lin Riĉulo. La plano
progresis bone, kaj Riĉjo tute antaŭvidis sukceson, sed tiam
okazis la katastrofo, tio estas, la plorplena fratina parolado kaj la
(supozita) nuligo de la nupto. Laŭ Riĉjo, tio signifis ankaŭ nuligon
de la esperita prunto, ĉar post tia disputo, Filberto certe ne volus
prunti monon al la bofrato de sia eksfianĉino. Tiu malsukceso
vere ĉagrenis Riĉjon. Jam de tagoj li estis duonfreneza, ĉar la
ŝanco prunte akiri monon de Filberto estis ŝtelita de li.

Neĝis tiun vesperon dum Riĉjo veturis hejmen post laboro. Li
aŭtis singarde, kiel kutime, ĉar estis foje malfacile por li rimarki
bremsolumojn, kaj la neĝado ne helpis. La aliaj aŭtistoj kolerigis
lin. Ili veturis malzorge, malgraŭ la vintraj kondiĉoj, kaj lia
humoro pli kaj pli malboniĝis. Samtempe, li daŭre pensis pri sia
ŝuldo kaj pri la mono de Filberto – nemeritita riĉaĵo – kiun Riĉjo
nun ne povus enmanigi. Li remaĉis tiajn malfeliĉigajn pensojn ĝis
malhela aŭto subite eniris lian koridoron kaj preskaŭ tuj bremsis.
Riĉjo blasfemis kaj bremsis kaj apenaŭ evitis trafi ĝin. Li ne estis
vundita, kaj lia aŭto ne estis difektita. Tamen ŝajnis kvazaŭ la
preskaŭa trafo rompis ion en li. Antaŭ ol lia pulso malrapidiĝis,
li jam decidis: Pro la nuligo de sia Plano A, li devos akiri monon
per alia metodo. Li ĝin ŝtelos.

Preskaŭ senpripense, Riêjo aŭtis al superbazaro kaj aĉetis skimaskon. Tiam sekvis veturo laŭ duonmemoritaj stratoj, ĝis li ekvidis la ŝtuparon, laŭ kiu li lastatempe supreniris portante unu finon de sofo. Li parkis proksime sur mallumigita flankstrato.

Poste ĉio okazis surprize glate: Kun vizaĝo kaŝita per skimasko, Riêjo perforte eniris la domon tra kela pordo, surprizis Filberton de malantaŭe, mallonge strangolis lin per kravato, minacis lin per ŝajnigita pafilo, kaj devigis lin montri, kie endome li kaŝis sian kontantan monon. Tiam Riêjo batis Filberton surkapen per vitra kruĉo ekkaptita de tablo kaj eskapis. La tuta afero daŭris iom pli ol unu horon, inkluzive de vojaĝo-tempo, kaj nun Riêjo havis monplenan ŝtrumpeton. Eĉ pli bone, Sara kaj Filberto denove kuniĝis. Riêjo do povos rekomenci Planon A kaj, li esperis, baldaŭ elpreni monon el la Banko de Filberto duan fojon – ĉi-foje per prunto. Vere, li ne povus esti pli feliĉa.

#

Riêjo kutime ne ĝuis grandajn festojn, sed pro sia bonhumoro, li efektive antaŭĝuis la antaŭnuptan vespermanĝon. Eĉ post tiom da tagoj, lia sukcesa rabo de Filberto ĝojigis lin, kaj li sentis sin pli memfida ol kutime. Ŝajnis al li, ke krimo ne nur pagas, sed ankaŭ kunportas al la kriminto menssanigajn avantaĝojn! Riêjo antaŭvidis – li estis certa – ke ekde nun, liaj aferoj pliboniĝos.

Riêjo kaj Jana enveturis en la parkejon de la restoracio. Ĝi estis grektema, blankstuka konstruaĵo kun manĝĉambro sufiĉe granda por bankedoj. Riêjo parkis tuj apud la aŭto de siaj bogepatroj, kiuj ankaŭ ĵus alvenis. La kvar kune paŝis al la restoracio sed staris surterase interparolante antaŭ ol eniri. Ne surprizis Riêjon ke la paroltemo estis la timiga novaĵo pri Filberto, lia lastatempa sperto kun pafilportanta fiulo. Riêjo memorigis sin ne diri pri la afero pli ol li aŭdis de sia edzino. Li do ne pritraktis detalojn sed nur esprimis ĉagrenon kaj koleron nome de Filberto: Oni ne estas sekura eĉ en propra hejmo! Kie estas policanoj kiam oni ilin bezonas? Li ankaŭ zorgis ne ŝajni tro scivolema pri la polica enketo: Kulpuloj en televido ofte senvualigas sin farante tro da demandoj.

Estis tro malvarme por longe resti ekstere, do la du paroj baldaŭ decidis eniri. Riĉjo ĝentlemane etendis la brakon al sia edzino, kaj ili sekvis ŝiajn gepatrojn preter stuka statuo, repliko de la Melosa Venuso, kiu flankis la enirejon: Malgranda glaciponardo pendis de la stumpo de la diina brako. Ene, ili haltis por pendigi siajn mantelojn. Riĉjo ĉirkaŭrigardis la dekoraciojn en la ĉambro – kolonojn kaj vazojn kaj surmurajn mozaikojn – kaj sentis sin preskaŭ tute kontenta. Li ĝojis esti ĉi tie – varmiĝanta, manĝonta, kaj antaŭ ĉio, feliĉe edziĝinta. Malgraŭ tio, ke li ne ĉiam povis esti tute honesta kun Jana pri mono, ilia rilato estis laŭ li ege forta, kaj li ege fortuna. Frapis lian menson nun la ideo, ke edziĝe li ĉiam estis riĉulo, kaj nur mone la malo.

"Vi aspektas tre bela ĉi-vespere," li diris al ŝi.

"Ankaŭ vi," ŝi diris. Ŝi turnis sin al li kaj ame palpis lin laŭbruste. "Tiu kompleto bone sidas al vi," ŝi diris. Ŝi forigis polveron de sur la reverso. "Kaj mi ĝojas, ke mi elfosis el la rubujo tiun ĉi kravaton. Mi ne povas imagi, kial vi volis forĵeti ĝin!"

*Cho Sung Ho*

# Lia sekreto

Ekde kiam neĝflokoj ekflirtis, la profesoro staris en sia komforte hejtata kabineto, rigardante eksteren tra la fenestro pli kaj pli malklariĝanta. La neĝa tavolo rapide akiris dikecon, ke baldaŭ vasta blanka vatkovrilo sterniĝis sur la korto. Piedsignoj virge postlasitaj de paro da gestudentoj retrosendis lin dummomente al lia junaĝo kun rememoroj. La neĝeroj estas grandaj por la unua neĝo, li pensis. Ĉu ia bona afero okazos hodiaŭ? Mallaŭta sed klara frapado ĉeporde fordistris lin de kontemplado. Li lante turnis la rigardon kontraŭen. Malferminte la pordon kvazaŭŝtele, studentino englitis kaj klinsalutis. Li tuj rekonis ŝin. Estis Minha. Ŝi estis studentino en lia klaso dum du sinsekvaj semestroj, de post kiam li ekprofesoris antaŭ unu jaro. Minha dekomence tiris lian atenton per penetremaj demandoj dum lecionoj, tiel ke la unua el pli ol kvindek geklasanoj ŝi gravuriĝis en lian memoron. Ankaŭ ŝiaj altaj ekzamennotoj, preskaŭ ĉiufoje okupantaj la unuan rangon, kontribuis al lia memoro.

Li gestis al seĝo vidalvide al sia skribtablo, ĉe kiu li poste eksidis.

"Bonvole sidiĝu."

"Mi nomiĝas Minha", sidiĝinte ŝi ekparolis deteniĝeme. "Mi diplomiĝos ĉi-semestre kaj volus studi en la magistra kurso."

Kvankam li ne celis, li afektis esti indiferenta.

"Ĉu vi interesiĝas pri iu specifa kampo?"

"Mi volus studi biokemion."

Biokemio estis lia fako. Tio implicis, ke ŝi volas studi sub lia gvido. Ne anticipita, sed sendube ĝi estis promesplena novaĵo por li. Plej kredeble studento klera kiel Minha fariĝos ankaŭ kompetenta asistanto por lia esplorado.

"Tre bonvenas, Minha. Mi ĝojas, ke vi intencas studi en mia laboratorio."

Brila rideto anstataŭis la streĉitan mienon sur ŝia vizaĝo.

"Koran dankon por via akcepto, profesoro."

Januaron sekvajare Minha sukcesis en la ekzameno, efektive lokiĝante la unua per poentoj por stipendio, kaj liagvide komencis la magistran studon. Evidentiĝis, ke kiel antaŭvidite lia nova disĉiplino estas sincera, diligenta kaj saĝa. Matene ŝi venis la unua kaj preparis kafon por li antaŭ ol li komencis sian labortagon, sed li admoneme konsilis al ŝi ne zorgi pri bagatelaj aferoj kaj nur koncentriĝi al sia studo. Foje ŝi kunportis bukedon da floroj por ornami lian kabineton, ankaŭ tion li malkonsilis kun dankoj. Li ŝatas florojn, sed ili kostas tro kare por senlukrulo. Printempe studentoj ekskursis al monto por kolekti bio-specimenojn. Li kaj Minha partoprenis en la ĉiusemestra evento kiel anoj de la gvidantaro. Verdire, malgraŭ la streĉa tasko, li kaŝĝuis la ekskurson, ĉar ĝi provizas lin per nekutima oportuno nature intimiĝi kun studentoj. Dum kvar plenaj tagoj eblas pasigi tempon kun junuloj, marŝante, babilante, havante manĝojn kaj foje drinkante. La antaŭlastan tagon, tamen, malsuprenvoje de la monto Minha stumblis sur ŝtono kaj vundis al si la piedartikon. Aŭdinte ŝian dolorkrion, kun okuloj de timigita kuniklo li hastis al ŝi. Trovinte Minha, kiu duonkuŝis surgrunde, li elverŝis zorgo-plenajn vortojn:

"Ho, ve! Ĉu vi ne vundiĝis, Minha? Ne doloras?"

"Ne zorgu, profesoro. Mi povos paŝi."

Kvankam ŝi ŝajnigis sin aplomba, li ekvidis etajn larmojn scintilantaj en ŝiaj okuloj sub la kuntiritaj brovoj. Ŝi malrapide ekstaris kaj provis movi la piedojn, sed unuapaŝe perdis sian ekvilibron. Ŝi do lame marŝis dum la resto de descendado, apogante sin sur liaj brakoj. Bonŝance la vundo ŝajnis ne severa, ĉar ŝiadire la doloro ne tiel akris kiel netolereble.

"Dankon, profesoro. Mi ĝenas vin."

Li reciprokis per rideto kun mieno miksita el zorgemo kaj trankviliĝo. Survoje studentoj unu post la aliaj preterpasis la paron, kiu atingis la tranoktejon la lasta jam post sunsubiro. Kelkaj studentoj atendantaj ĉe la enirejo sendis aplaŭdon, iuj fajfis mokete.

Post la incidento, tamen, malhelaj nuboj ekombris lian koron. Li senkonscie iom post iom altiriĝis al Minha, ne kiel disĉiplo sed kiel virino. Li konsciis pli ol iu ajn, ke la rilato ne efektiviĝos, ĉu ŝi akceptos tion aŭ ne. En la konservema socio ne decos intima implikiĝo en amafero inter vira profesoro kaj studentino. Tio estigos skandalon malgraŭ lia fraŭleco. Pli mallaŭdinda estis la nenormala aĝodiferenco. Li jam estis proksima al kvardekjariĝo, preskaŭ duoble pli aĝa ol Minha. Oni ne estas tiel indulgema por kompreni la konvencie nesimpatian rilaton. Ne emante laŭiri kalvarian vojon, kiu povas kompliki aŭ eĉ fuŝi lian ĝis nun sendifektan karieron, li zorgadis konfidi sian sekretan korsenton al neniu. Li ankaŭ devontigis sin laŭeble eviti interparoli kun Minha krom pri esploradaj aferoj. Sed ne estus elporteble sen ekstrema peno, ke ĉiutage li dividu tempon kaj spacon kun iu, al kiu li enamiĝis nur siaflanke. Krome ŝia koramiko fojfoje venis en la laboratorion por vidi ŝin. Ĉiufoje kiam li ekvidis ilian kunestadon, la sceno poste hantis lin, insinuante inertecon kaj eĉ ĵaluzemon.

Estis la Tago de Instruistoj. Vespere ĉeestinte la formalan ceremonion de la fakultato, profesoroj kaj studentoj kune festenetis en bierejo apud la kampuso. Ĝi estis la unua memoriga tago por li kiel profesoro. Obsedita de sia propra emocio, tamen, li supergajiĝis kaj trinkis tro da biero, ne povante komandi sin. Baldaŭ ĉio freneze kirliĝis kaj tenebriĝis antaŭ liaj okuloj, kaj fine lia kapo senforte kliniĝis surtablen, kiel se putra arbotrunko falas. Ĉies rigardoj de la kompanio fokusiĝis al li kaj al Minha, kiu flegis la stuporan profesoron.

Sekvamatene kapokreviga doloro vekis lin el dormo. Ĝustadire el letargio. Kie li estas? Li ĉirkaŭrigardis tra la apenaŭ malfermitaj okuloj. Estis lia apartamento. Preskaŭ rampinte al la fenestro li flankentiris la rulkurtenon iom. Fasko da lumstrioj ensorbiĝis en la obskuran ĉambron. Li poste englutis plenglason da malvarma akvo el la fridujo. Hieraŭ vespere lia cerbo tute ne funkciis normale. Li ne memoris kiel li revenis hejmen. Li ne memoris kio okazis post la ebriiĝo. Projekciiĝis enkape nur kelkaj unuopaj scenoj, kiuj obtuze bildigis kiel en silenta filmo, ke li langotordite stakatigas iajn vortojn al Minha, sed neniel eblis deĉifri kion li elbuŝigis. Nur posttagmeze li povis eklabori en sia kabineto, kun nefordormita kapdoloro. Minha preparis glason da mielakvo, kiu helpu sobrigi ŝian povran profesoron. Li klopodis teni siajn kondutojn kiel kutime, kvazaŭ nenio estus okazinta.

Post iom malpli ol du jaroj Minha finis la studon. Ŝi kompetenta gajnis okupon kiel plentempa esploristo ĉe konata bioteknika kompanio. La magistran ceremonion ĉeestis ŝiaj gepatroj, kiuj esprimis sinceran dankon al la profesoro. Li konstatis, ke ili estas tre fieraj pri sia filino. Ambaŭ estis tre ĝentilaj, verŝajne bonkarakteraj kiel Minha. Akompanis ilin ŝia onklino, patrina malpliaĝa fratino, kiun Minha prezentis kiel mezlernejan instruiston. Intertempe, kun la tempopaso, lia unuflanka enamiĝo al Minha forvelkis kiel taga sonĝo. Poste li aŭdis, ke la rilato inter ŝi kaj ŝia koramiko rompiĝis, sed tio ne ŝancelis lian koron.

En la Tago de Instruistoj tiujare Minha vizitis lin en lia kabineto.

"Elkore dankas vin, profesoro."

Ŝi transdonis al li bukedon da ruĝaj diantoj. Larĝa rideto sur lia vizaĝo atestis lian nekaŝeblan ĝojon. Ĉar ne anticipita, ŝia vizito estis surpriza, tamen ankaŭ bonhumoriga.

"Bonvole sidiĝu. Ĉu vi trinkos kafon?"

"Ne, dankon", ŝi respondis sidiĝante sur seĝo fronte al li.

Ŝi aspektis videble maturiĝinta intertempe, probable pro tualeto, kvankam pasis nur tri monatoj de kiam li vidis ŝin lastfoje. Certe, ŝi ne plu estas studentino en lia laboratorio, sed nun ja memstara sociano, li pensis.

"Kiel iras via okupo? Plaĉas al vi?" li demandis, ne simple por ŝajnigi sin kompleza, sed kun plenkora, sincera zorgemo.

"Jes, mi tre ŝatas labori en la kompanio," ŝi memfide respondis kaj post paŭzeto diris, "sed ankaŭ konsideras studi plu por doktoreco eksterlande."

"Bona ideo! Mi helpos vin se necese. Kompreneble mi volonte skribos rekomendleterojn."

"Dankon, profesoro."

Post momenta hezito ŝi daŭrigis sinĝeneme, palpebrumetante:

"Profesoro, ĉu vi povus disponi tempon por vespermanĝo?"

"Jes, kun plezuro. Kiam?"

"Ĉu konvenos al vi ĉi-sabate? Mi rezervos restoracion."

Lia rigardo restis dummomente sur la kalendaro kuŝanta sur lia skribtablo.

"Tre bone, mi faros noton."

Ŝia vizaĝo pleniĝis de rideto dolĉa, naiva kiel tiu de bebo.

Post kiam Minha foriris, li iom cerbumis pri tio, kio estis okazanta. Ĉu ŝi estis perceptanta lian korsenton dum tiu tuta tempo? Li demandis al si sed tuj skuis la kapon. Laŭmemore li estis eldirinta al neniu eĉ grajnon de sia amsekreto, por ne paroli pri Minha. Ĉiaokaze li ne volis denove kateniĝi en abismo de afliktoj. Sendube la vespermanĝo estos neniom pli sencohava ol kiel ŝia dankesprimo, li trudis kredigi al si. Ne okazos kio ne povas okazi. Sabatvespere, tamen ne sen ioma korbato, li iris al la restoracio situanta urbocentre. Kvankam ne luksa, ĝi estis pura kaj senbrua kun plaĉe komforta atmosfero. Tra la halo fluis serenaj melodioj de romanco. Kelnerino en uniformo kondukis lin al la separeo rezervita. Minha ankoraŭ ne alvenis. Li sidiĝis ĉe malgranda kvarpersona tablo, sur kiu kelkaj ruĝaj rozoj en diafana vazo estetike kontrastis kun blanka tablotuko. Post nelonge akompanate de la kelnerino alproksimiĝis kaj kapsalutis lin gracia virino elegante vestita, ŝajne en siaj mezaj tridekaj jaroj. Li konjektis, ke ŝi serĉas alian personon, sed la nekonatino ekparolis kun hezitemo:

"Bonan vesperon, profesoro."

"Ĉu mi povus demandi... kiu vi estas?" li balbutis konfuzite, restante sidanta.

"Mi estas la onklino de Minha."

Embarasiĝinte li ekstaris. Ĉu ŝi estas la onklino de Minha? Malgraŭ ilia renkontiĝo ĉe la magistra ceremonio, li ne rekonis ŝin. Ŝi ŝajnis tute malsama persono.

"Minha faris la promeson anstataŭ mi... ŝi ne venos."

Sendante deteniĝeman rigardon al li, kiu restis staranta kiel ŝtipo ankoraŭ ne trovinte konvenan replikon, ŝi daŭrigis per mallaŭta kontralta voĉo:

"Ĉu vi permesus al mi sidiĝi?"

"Ho... pardonon! Jes, bonvolu."

Ŝi prenis seĝon vidalvide al li. La vespero flugis en gemuta etoso. Ŝi posedis la trajtojn de intelektulino, kiuj konformis al ŝia profesio kiel instruisto. Li ĝuis babili kun ŝi pri gamo de aferoj, komencante pri Minha kaj poste pri instruado, muziko, pentrarto, manĝaĵoj kaj tiel multe plu. Ŝi estis inteligenta, tenera kaj matura virino.

## Jorge Rafael Nogueras

# Enamiĝinto

Jozefo kaj mi kreskis kune: de la infanaĝo ni estas nedisigeblaj.

Hodiaŭ ni dividas ĉambron en la universitata dormejo, sed mi scias, ke li neniam vidos min kiel mi vidas lin: mi ja estas malsimila al li kaj al aliaj knaboj.

Kvankam Jozefo estas ĉio por mi, kiam finiĝas la tago kaj li malŝaltas la lampon, enlite li certe ne plu pensas pri mi: por li estas kvazaŭ mi ne plu ekzistus.

Mi foje pensis, ĉu konfesi al li mian amon, sed mi tutsimple ne povas.

Kion alian faru enamiĝinta ombro, ol ĝisatendi la morgaŭan lumon, kaj esperi finfine esti rimarkita?

*Jorge Rafael Nogueras*

## Unuaj amrendevuoj

Mi ne aparte ĝuis unuajn amrendevuojn kiam mi estis juna; mi des malpli ĝuas ilin nun miaaĝe, post preskaŭ tuta vivo. Sed, tiel statas aferoj.

Ŝi kaj mi sidas en restoracio, vid-al-vide, kaj ŝi faras al mi la ĉiamajn demandojn pri mi, pri mia familio, pri mia vivo.

Mi vidas, ke ŝia okulo glitas scivole al mia ringofingro, kie helaĵo perfidas la fakton, ke mi iam surhavis ringon, sed ne plu. Ĉu mi klarigu tiun nemenciindaĵon, kaj risku kaĉigi la aferon?

Mi decidas silenti. De kiam *Alzheimer*-malsano trafis mian edzinon, ni havas unuajn amrendevuojn ĉiun semajnon: almenaŭ ŝi ĝuu ilin.

*Yin Jiaxin*

## Ridetema soldato

Tiutage, inter ĵus varbitaj soldatoj mi ekvidis infanecan vizaĝon, sur kiu ludas rideto kiel maja floro.
Mi demandis la knabon: "Ĉu mi rajtas scii viajn nomon kaj aĝon?"
Li kun dolĉa rideto respondis: "Lu Bisen, dekkvar-jara."
"Vi devus viziti lernejon."
"Bombado ruinigis ĝin."
"Ĉu vi kredas ke nia lando venkos?"
"Certe."
"Mi volas denove intervjui vin post la milito. Kie serĉi vin?"
"Je numero 1, Paco-avenuo." Ridante li forkuris al la vicoj.
Abrupte mi ekmemoris, ke je numero 1, Paco-avenuo, situas martira tombejo.

*Raffaele Del Re*

# La krimulo kaj la floro

*Aktoroj:*
Soŝo, la krimulo, viro
Kiki, fratino de Soŝo
Tutum, frato de Soŝo

Lulu, amikino de Kiki
Vava, maljuna sinjorino
Ĝono, juvelisto
Joja, juna servistino

Sennoma gardisto
Sennoma kuracistino
Sennoma policano
Sennoma ĵurnalistino

**Unua akto**
**Unua sceno**

*La scenejo nur bezonas tri seĝojn (pluaj aĵoj aldoneblas). Unu el la tri seĝoj estas malplena, sur la ceteraj sidas Kiki kaj Lulu.*

LULU: Vi ĉiam trovas belajn vestaĵojn, Kiki. Gratulojn!

KIKI: Dankon, kara Lulu. Ĉu vi ŝatas tiun ĉi koloron? Mi ŝatas la nuancon. Kaj vidu, tuŝu, kiom fajna estas tiu teksaĵo!

LULU (*tuŝinte*): Jes, tre aparta ŝtofo. ... Multekosta ankaŭ, mi kredas.

KIKI: Nu, nu. Tio kio kostas malmulte, valoras malmulte, ĉu ne? Necesas elspezi iom.

LULU: Se oni povas... jes, vi pravas, se oni povas elspezi, kial oni rezignos? Vi agis prave. (*Silentas mallonge*) Nur, vidu, Kiki, mi miras ke vi ĉiam havas monon por viaj deziroj. Mi ofte devas rezigni, bedaŭrinde.

KIKI: Ho, vi ankaŭ havas belajn vestojn, ne subtaksu vin!

LULU: Kiki, diru la veron al mi. Ne via patro, sed via frato donis al vi tiun monon, ĉu?

KIKI: Lulu, vi jam demandis tion plurfoje antaŭe. Kaj mi jam respondis, ke ambaŭ mia fratoj estas ĝentilaj al mi. Kion plu vi emas scii? Ĉu vi envias min ĉar via frato ne estas same grand-anima?

LULU: Ne, ne, mi ne celis tion! Jen, Kiki… *(bruego interrompas ŝin)*

*(Maljuna virino eniras kurante. Ŝi kaptas la brakon de Kiki.)*

VAVA *(malkvieta, preskaŭ senspira)*: Li prenis mian mansaketon! Li pasis kurante kaj forŝiris ĝin de mi!

KIKI *(malvarme)*: Mi ne konas vin, sinjorino.

VAVA: Li… li… *(ŝi spiras peze kaj ne sukcesas paroli)*

LULU: Trankviliĝu, sinjorino. Ni estas helpemaj kaj helpos vin. Sed klarigu kio okazis.

VAVA *(fingre montrante Kiki-n)*: Ŝia fra… ŝia frato… Li forprenis mian mansaketon. Mi ĵus eliris el la poŝtoficejo, kie ili donis al mi mian pension. La tuta mono de unu monato estis en la saketo! Kiel mi faros! Kiel mi faros!

KIKI: Kiel vi scias ke ĝuste mia frato rabis de vi?

VAVA: Nu, kion vi pensas? Mi vidis lian vizaĝon! Li estas tiel senhonta, ke li eĉ ne kaŝas sin!

KIKI *(levante la ŝultrojn)*: Mi ne scias kial mi devus kredi vin. Kaj mi ne scias kiel mi povus helpi vin.

LULU *(pli amikeme)*: Iru al la policistoj, sinjoro. Ili trovos la rabiston kaj trudos lin redoni al vi vian mansakon.

VAVA *(ridas malgaje)*: Ĉu vi kredas ke neniu el la rabitoj pro-vis denunci lin? Sed la policistoj ĉiam respondas ke ili ne suk-cesas trovi pli terurajn krimulojn, ke ili ne havas tempon por malgrandaj aferoj. Malgranda afero ili taksas mian pension, kiu necesas al mi por mia taga vivo dum la tuta monato! Kiel mi faros! Kiel mi faros?

KIKI: Se vi volas, iru al la polico, iru; se ne, iru aliloken, sinjorino, sed ne plu ĝenu nin. Ni ne povas helpi vin.

LULU (al Kiki): Sed...

KIKI (levas la ŝultrojn, silente).

## Unua akto
## Dua sceno

*Abrupte eniras juna viro, rapide paŝante, kun la manoj malantaŭ la dorso.*

TUTUM: Bonan tagon, fratino. Bonan tagon, Lulu.

KIKI: Bonan tagon, Tutum. Kial vi venis ĝeni nin?

LULU (kun amikema rideto): Bonan tagon, Tutum. Min vi ne ĝenas.

VAVA: Ĉu... ĉu... Ĉu li estas via frato? Do la homo forrabinta mian mansakon ne estas via frato, li aspektis malsame.

TUTUM: Vian mansaketon prenis nia plej juna frato. Mi vidis lin.

VAVA: Nu! Vi vidis lin! Vi vidis kiam li priŝtelis min, ĉu?

TUTUM: Jes. Kaj rigardu! (montras la mansakon kiun li tenis malantaŭ la dorso)

VAVA: Mia mansaketo! Vi savas min!

TUTUM: Ĉu vi certas ke tio ĉi estas via mansaketo?

VAVA: Kiom malrespektaj estas la nuntempaj junuloj! Certe mi certas! Se vi volas, mi ĵuros sur Dio kaj sur la tero.

TUTUM: Ne necesas. Prenu! (kaj donas la mansakon al la virino)

VAVA (malferminte la mansakon kaj serĉinte atente en ĝi): Sed mia mono? Kie estas mia mono?

TUTUM: Ĉu ne estas mono en ĝi?

VAVA: La monujo malaperis. Nur kelkaj moneroj estas en eta poŝo.

TUTUM: Vi kontentiĝu ke vi denove havas vian mansakon kaj
eĉ kelkajn monerojn.

VAVA: Kien vi metis mian monon? Mi bezonas ĝin!

TUTUM: Mi ne scias.

KIKI: Tutum, kiel vi konvinkis Soŝon redoni al vi tiun mansakon?

TUTUM: Bone, mi diros al vi la veron. Mi vidis Soŝon kiam
li prenis ĝin de tiu ĉi virino. Li kuris, kaj malaperis direkte al
proksima vojo. En tiu vojo mi trovis la mansakon sur la grundo,
klare li forĵetis ĝin.

KIKI: Do Soŝo tenis nur la monujon...

VAVA: Kiel mi faros? Kiel mi aĉetos la manĝaĵojn, la kuracilojn,
dum tiu ĉi monato?

KIKI (sen kompato): Iu helpos vin... Almozpetu se necese.

VAVA: Almozpeti! (ŝi kovras sian vizaĝon per la manoj)

LULU: Nu, Kiki! (prenas sian mansakon kaj proponas al Vava
bankbiletojn) Prenu, sinjorino, tio sufiĉos por kelkaj tagoj. Mi
esperas ke ankaŭ Kiki helpos vin kaj... (rigardas Tutum) vi ankaŭ,
ĉu ne, Tutum?

TUTUM: Se vi petas, Lulu, mi ne kapablas rifuzi. (al Vava)
Sinjorino, kiam vi finos la monon donitan de Lulu, serĉu min.

VAVA: (al Lulu) Dankon, junulino, dankon! Dio repagu vin. Vi
estas vere bonkora. (al Kiki) Kaj vi, senkorulino, memoru! Via
frato estas nun malgrava krimulo, sed neniu punas lin, neniu eĉ
nur riproĉas lin. Iam li iĝos pli grava krimulo, li multe suferos
kaj suferigos.

==== KURTENO ====

## Dua akto

## Unua sceno

*Meze de la scenejo estas muro kun pordo kaj ŝildo "juvelisto". Ĝi situas tiel, ke la publiko povas vidi kaj la vojon ekster la pordo kaj la enon de la komercejo. En la komercejo estas vendotablo.*

*Komence estas nur Ĝono, starante (aŭ sidante) malantaŭ la vendotablo. Eniras Soŝo, kun sportjako, kaj la manoj en la poŝoj de la jako.*

ĜONO: Bonan tagon, sinjoro. Kiel mi povas helpi vin?

SOŜO: Mi volas aĉeti ĉirkaŭkolon por mia fianĉino.

ĜONO: Ho, jes, ni havas multajn kolornamaĵojn. Kolringojn, kolĉenojn, kolĉenetojn... Mi montros al vi ion. *(Li elirigas skatolon de tirkesto kaj montras ĝin al Soŝo.)* Jen aro de belaj ornamaĵoj por la kolo de via fianĉino, taŭgaj por junuloj.

SOŜO *(kun malkontenta mieno)*: Tro malmultekostaj. Ĉu vi kredas ke mia fianĉino estas malriĉulino?

ĜONO: Ne, ne. Kompreneble, en nia komercejo estas pli altvaloraj ornamaĵoj. *(Eliginte alian skatolon.)* Jen tre belaj arĝentaj ornamaĵoj. Tiu ĉi, ekzemple...

SOŜO: Ho! Arĝentaj! Ĉu vi ne havas orajn kolĉenojn?

ĜONO: Jes, jes, kompreneble. *(Elirigas aldonan skatolon).* Tiuj ĉi estas oraj kolĉenoj.

SOŜO: Tro maldikaj! Vi malestimas mian fianĉinon! Eligu tuj pli altvalorajn orajn kolĉenojn.

ĜONO *(nun suspektema)*: Ĉu vi certas, ke via fianĉino ŝatos dikajn orajn kolornamaĵojn? Kutime junulinoj ne ŝatas ilin.

SOŜO: Mia fianĉino tamen ja ŝatas ilin. Montru ilin al mi.

ĜONO: Bone, mi montros ilin al vi. *(Remetas la unuan skatolon en tirkeston.)*

SOŜO: Lasu la orajn kolornamaĵojn. Mi komparu ilin kun la pli dikaj.

ĜONO: Bone. *(Remetas ankaŭ la skatolon de la arĝentaj kolĉenoj en tirkeston kaj malrapide eligas novan skatolon.)* Jen, tiuj ĉi estas la plej altvaloraj kolĉenoj en la komercejo. Rigardu ekzemple ĉi tiun...

SOÊO (*kaptas la du skatolojn*): Mi prenos ambaŭ la skatolojn. Senpage, ha ha! (*Kaj paŝas al la pordo.*)

ĜONO (*kuras malantaŭ lin kaj sukcesas kapti lian jakon*): Haltu, sinjoro. Ne agu tiel! Vi povas eliri senĝene, se vi lasas tiujn aĵojn... alimaniere, la polico...

SOÊO (*turniĝinte rapide, lasas la skatolojn kaj elpoŝigas trancĵilon*): Ĉu la polico?

ĜONO: Jes, la polico. Lasu la skatolojn kaj vi eliros senĝene. (*Kaj alproksimiĝas.*)

SOÊO: Haltu tie!

ĜONO (*antaŭeniras iomete*): Mi ne povas lasi al vi la skatolojn. Ni estas malgranda komercejo.

SOÊO: Vi estas vere stulta! Vi kolerigas min! (*Kaj frapas lin per trancĵilo. Ĝono falas teren kun la dorso kontraŭ la vendotablo.*)

SOÊO (*al si mem*): Tro stulta li estas! (*Moviĝas direkte al la pordo, kvazaŭ forgesinte la skatolojn.*) Nu! Mi ne intencis frapi lin... Li ne plu moviĝas. Ĉu li svenis? ĉu li mortis? La stultulo mortis! Mi neniam mortigis homon. Mi... mi... Li kolerigis min... Ne estas mia kulpo. Li kolerigis min. Tro stulta li estas! Des pli malbone por li! (*Li eliras el la komercejo lasante la skatolojn sur la pavimo.*)

## Dua akto
### Dua sceno

*Soŝo haltas ekster la pordo de la komercejo, kiu restas malferma.*

SOÊO (*al si mem*): Jes, la stultulo agis stulte. Parolis stulte. Ne timis la trancĵilon. Eĉ ne vidis ĝin, eble. Li mortis pro du senvaloraj skatoloj. Tro stulta, jes. La kulpo estas lia, mi ne intencis mortigi lin. Mi neniam mortigis homon. Neniam. Mi nur bezonis la juvelojn. Mi bezonas vendi la oron. Nur tio. Mi ne povas vendi kadavrojn. Sed... sed... ha, mi lasis la skatolojn ene! Rapide, mi devas rapide preni ilin! Eblas, ke li vere havis ian alarmilon, ke la polico vere venos. Prefere mi foriros antaŭ ĝia alveno. (*Li denove eniras la komercejon.*)

ĜONO (*muĝetas manpremante la lokon de la vundo*): Mi estas mortanta… mortanta…

SOŜO: Vi estas mortanta pro via stulteco.

ĜONO: Jes… jes… vi pravas… pro mia stulteco…

SOŜO: Mi prenos viajn skatolojn. Vi ne plu bezonas ilin.

ĜONO: Jes, jes, mi ne plu bezonas ilin. Aĥ! Tamen, ankaŭ vi ne bezonas ilin.

SOŜO: Ĉu? Male, mi ja bezonas ilin. Mi vendos la oron kaj akiros monon. Mi bezonas monon. La mono estas utila, utilega.

ĜONO: Tiu mono ne feliĉigos vin. Ŝtelita mono ne…

SOŜO: Onidiro asertas ke, se la riĉo ne feliĉigas homojn, imagu kiom feliĉigos ilin la malriĉo.

ĜONO: Vi ne bezonas monon. Vi bezonas pacon.

SOŜO: Kian pacon?

ĜONO: Mi vidis en viaj okuloj, tuj kiam vi frapis min, enan doloron, grandan doloron. Vi ne intencis mortigi min.

SOŜO: Vi pravas. Mi ne intencis mortigi min. Se vi ne estus tiom stulta…

ĜONO: Vi eĉ ne ŝatas ŝteli.

SOŜO: Denove vi pravas. Mi ne ŝatas ŝteli. Bedaŭrinde mi bezonas ŝteli.

ĜONO: Vi ne bezonas ŝteli. Vi estas juna kaj forta. Vi povas labori. Vi povas gajni monon same kiel ĉiuj honestuloj – per laboro.

SOŜO: La laboro ne feliĉigos min.

ĜONO: La laboro ja feliĉigus vin. Sed eble estas tro malfrue. Eble vi tro alkutimiĝis al la vivo de ŝtelisto.

SOŜO: Kiajn strangaĵojn vi diras!

ĜONO: Eble via animo jam tro suferis pro viaj agoj.

SOŜO: Mi rediros al vi: Kiajn strangaĵojn vi diras! Kial vi ne pli atentas vian kondiĉon? Vi estas mortanta, kaj vi parolas pri mi!

ĜONO: Mi ne povas morti sen peto… ne, sen promeso… mi devas promesi ion al vi. Ĉar mi estis stulta kaj mia stulteco faris el vi murdiston.

SOÔO: Do, vi agnoskas ke tiu krimo estas via kulpo.

ĜONO: Eble. Ne nur mia, tamen. Ankaŭ via… Nu, mi sentas ke mia forto malgrandiĝas, mi devas hasti.

SOÔO: Prave. Ankaŭ mi devas hasti. Mi ne scias kial mi aŭskultas vin.

ĜONO: Ne estu stulta kiel mi. Aŭskultu ĝis la fino. Mi petas ke vi portu sur mian tombon floron.

SOÔO (*ridas akre*): Ĉu floron? sur vian tombon? Vi frenezas! Neniam.

ĜONO: Mi ne scias ĉu mi povos vere plenumi tian promeson… mi ne scias… espereble… espereble… Floro sur mia tombo ekdonos al vi pacon en la koro. Mi promesas… mortanta, mi esperas ke mia promeso efikos… mi ne scias… mi ne komprenas… sed portu floron sur mian tombon, portu ĝin, ne forgesu!

SOÔO: Vi estas freneza.

(*Ĝono malfermas siajn okulojn. Malproksime audiĝas la bruon de polica sonorilo.*)

SOÔO (*al si mem*): Rapide, rapide. Li mortis, ŝajne. La polico alvenas. Mi hastu. (*Li prenas la du skatolojn kaj foriras. Nur unu momenton li haltas kaj rigardas en la komercejon al la senmova Ĝono.*) Ĉu floron? floron sur vian tombon? Ne nur stulta. Tute freneza. Adiaŭ, freneza juvelisto. Vi mortis pro via kulpo.

==== KURTENO ====

<u>Tria akto</u>

**Unua sceno**

*Ĉambro kun tablo kaj du seĝoj. Sur la tablo iom da pano kaj telero malpura pro la restaĵoj de manĝaĵo. Estas ankaŭ mezplena botelo da vino (aŭ alia alkoholaĵo) kaj glaso. Sur la seĝo sidas Soŝo, kiu aspektas multe pli maljuna kaj severmiena.*

JOJA *(enirante)*: Ĉu mi povas forporti la teleron, mastro Soŝo?

SOŜO: Jes, Joja. Nur lasu la botelon kaj la glason.

JOJA: Kompreneble. Kiel vi fartas hodiaŭ?

SOŜO: Same kiel hieraŭ.

JOJA: Drinki ne resanigos vin, sinjoro.

SOŜO: Kion vi scias pri mia malsano? Mia koro doloras.

JOJA: Jes, la kuracisto diris ke vi devas atenti. Via koro estas malsana.

SOŜO: Nu, la kuracisto! Mi ne parolas pri tiu koro.

JOJA: Ho, sinjoro! Ĉu vi havas du korojn?

SOŜO: Eble. Mi nenion plu komprenas, Joja. La koron kiu vere doloras la kuracistoj ne povas resanigi.

JOJA: Ĉu vi celas, ke via animo doloras?

SOŜO: Ve! Mi ne plu rajtas havi animon.

JOJA: Kia stultaĵo! Ĉiuj havas animon.

*(Ambaŭ silentas momente. Joja prenas la teleron. Dum ŝi iras al la pordo, ŝi haltas kaj turniĝas al Soŝo.)*

JOJA: Mastro Soŝo, aŭskultu. Oni rakontas, ke iam vi estis riĉa, kaj perdis vian tutan monon kiam vi estis trudita lasi vian hejmlandon. Eble vi suferas pro la manko de la pasinta riĉo.

SOŜO: Ĉu oni rakontis al vi ankaŭ kial mi estis trudita forfuĝi el mia hejmlando?

JOJA: Verdire… Verdire, kiam mi ekkonis vin, antaŭ pluraj jaroj, oni atentigis min, ke mi ne laboru por vi. Oni diris ke vi iam estis krimulo. Eĉ murdisto. Tion oni diris, mastro Soŝo.

SOŜO: Do, vi sciis! Tamen vi konsentis labori por mi.

JOJA: Mi vidis vin maljuna kaj sola, sinjoro. Kaj eĉ ne riĉa. Vi nepre bezonis partatempan servistinon por purigi vian domon. Mi vidis vian bezonon, pli ol la historiojn pri vi.

SOŜO: Mi dankas vin, Joja. Tamen, vi neniam malkaŝis tiujn pensojn antaŭe.

JOJA: Nur nun mi konas vin sufiĉe bone, sinjoro.

SOŜO: Jes, iam mi estis riĉa. Mi enspezis multe da mono, kaj mi elspezis ĉiam pli ol mi akiris. Mi bezonis daŭre pli kaj pli da mono. Ekde infanaĝo mi estis ŝtelisto. Kaj iun malbenitan tagon mi iĝis murdisto. Mi murdis stultulon. (*Joja silentas kaj aŭskultas.*) Mi neniam emis ŝteli. Mi neniam planis iĝi murdisto. Kaj mi neniam esti feliĉa. Poste mi estis trudita forfuĝi, ĉar mi ne volis eniri malliberejon – neniam mi enfalis en malliberejon. Pro tio mi venis en tiun ĉi fremdan landon. Pro tio mi perdis tion kio restis de mia malŝparita riĉo. Pro tio mi trude eklernis fremdan lingvon, mi trude pene laboris en laborejoj kiujn mi ne ŝatis kaj de kiuj mi ricevis la monon apenaŭ necesan por pluvivi. Kaj nun mi bezonas kuraciston, sed mi ne scias kiel pagi lin.

JOJA: Ĉu vi neniam edziĝis?

SOŜO: Nu, kiam mi estis en mia hejmlando, mi havis virinon. Ŝi ne amis min, ŝi amis mian riĉon, mian povon. Poste mi laciĝis pri ŝi kaj trovis alian virinon. Ankaŭ ŝi ne amis min. Mi neniam edziniĝis ilin. Neniun filon ni havis. Sed mi ne tro zorgis pri tiaj aferoj. Nur kiam mi foriris el mia hejmlando kaj venis ĉi tien, nur tiam mi ekrimarkis ke mi estas sola.

JOJA: Mi bedaŭras. Via vivo estis… nu, permesu min priskribi ĝin en tia maniero: ĝi estis kiel ĝardeno sen floroj.

SOŜO (*tremetas dum momento*): Ĉu vi diris "floroj"? Floroj?

JOJA: Ho, trankviliĝu, sinjoro. Ĝi estas simpla komparo. Ĉu vi havas ian problemon pri la floroj?

SOŜO: La viro kiun mi murdis… tiu stultulo… tiu frenezulo… li petis ke mi alportu floron sur lian tombon… ne, li diris pli multon, li promesis ke tiu floro alportos al mi pacon. Ĉu vi taksas tian promeson kredebla? kredinda?

JOJA: Vi mortigis lin ĉar li estis dirinta tion?

SOŜO: Ne, ne. Mi frapis lin pro aliaj kialoj. Li diris tion post la vundigo, dum li estis mortanta.

JOJA: Mi komprenas. (*post paŭzeto*) Li diris tion anstataŭ malbenojn kaj insultojn kontraŭ vi, ĉu? Aparta homo, supozeble.

SOŜO: Mi neniam taksis lin aparta homo. Mi ĉiam taksis lin nur stultulo. Sed jes, post kiam vi uzis tiujn vortojn, jes, mi ekkredas ke li estis aparta homo. Mi pli akre bedaŭras, ke mi... ke mi... (*vespiras*) ke mi mortigis lin.

JOJA: Se la afero estis tia, jes, mi taksas ke lia promeso estas kredinda.

SOŜO: Kia strangaĵo! Vi hazarde menciis florojn kaj nun, abrupte, forgesita promeso, kiun mi siatempe mokis, aspektas kredinda kaj grava por mia vivo. La homa menso estas neantaŭvidebla. Ba, plej oportune mi forigu tiujn pensojn. Nur, mi scivolas pri io.

JOJA: Pri kio vi scivolas, sinjoro?

SOŜO: Bone, mi diros al vi, Joja. Mi ankoraŭ havus sufiĉe da mono por pagi la flugon al mia hejmlando... Mi min demandas, kio okazus se mi sekvus tiun forgesitan memoron ĵus reaperintan en mia menso. Post tiom multaj jaroj ili sendube ne plu serĉas min... mi povus iri al la tombejo kaj porti tiun floron. Mi povus... Ĉu ne estus stultaĵo? Ĉu mi vere faros tiun frenezaĵon, Joja?

JOJA: Ne gravas nur mono kaj korpa sano. Se tiu vojaĝo plaĉos al via animo, se ĝi helpos vian animon, kial ne?

SOŜO: Vi pravas.

JOJA: Mi ne scias, ĉu mi pravas. Nur via koro scias, sinjoro.

SOŜO (*leviĝas, rigardante la horloĝon*): La vojaĝagentejo nun estas malferma. Mi iros tuj mendi flugon.

=== KURTENO ===

## Kvara akto
### Unua sceno

*Kelkaj krucoj tie kaj tie sur la scenejo montras ke la loko estas tombejo. Soŝo paŝas malrapide, rigardante unu post la alian la krucojn, serĉante ion.*

SOŜO (*al si mem*): Tiu ĉi ne estas la bona... Ĉi tie la nomo estas nelegebla, sed certe malsama... Nu, ankoraŭ ne, eĉ tiu ne estas la ĝusta… Tamen la gardisto asertis ke ĝi estas ĉe tiu vojo. (*abrupte li haltas antaŭ tombo*). Ho, ho! La nomo… mi relegos ĝin… Jes: Ĝono… Ĝono! Ankaŭ oni legas la mortodaton. Tiu jaro, jes! Kaj sube estas skribite, ke li mortis ankoraŭ juna, dum la ekfloro de sia frua maturaĝo. Dum la ekfloro! Lastatempe ĉiuj parolas pri floroj!

SOŜO (*elpoŝiĝinte floron*): Ve! Kunporti la floron en la poŝo ne estis bona ideo. Ĝi estas iom malbonstata. Nur iomete tamen. La petaloj ne falis, ne rompiĝis, nur malgrave ĉifiĝis. Ĝi estas ankoraŭ konvena.

SOŜO (*hezite antaŭ la tombo*): Kion mi faros do? Ĉu vere mi faros tian frenezaĵon? Ĉu? (*Li tuŝas la bruston, maldekstre, kun dolora grimaco.*) Aĥ! Mia koro doloras. Mi vere bezonas kuraciston. Post tiu afero mi iros serĉi unu. Poste. Nun mi devas fari tiun stultaĵon. Neniu scios pri ĝi. Ĉiuj sciis ke mi mortigis tiun stultulon, sed neniu scios ke mi bedaŭras… (*Li levas la ŝultrojn.*) Ne gravas, ne gravas. Nun mi demetos tiun floron, tuj foriros el la tombejo, serĉos kuraciston… Ne gravas. Mi eĉ ne scias kial mi volas fari tion. Sed mi venis ĉi tien por tio kaj tion mi faros. Nu, Soŝo, rapidu!

SOŜO (*alproksimiĝante al la tombo abrupte tuŝas denove sian koron kaj sanĉeligas*): Aĥ! Kiom akre doloras tiu koraĉo! (*Per mano klopodas sin apogi al la tombo, sen lasi la floron el la alia mano.*) Ho, mi ne kapablas stari! (*Li falas pli-malpli ekgenuante, poste falas komplete, demetante dum la falo la floron sur la tombon sen lasi ĝin.*) Ho! Kiel mi faros! Mi ne plu havas forton! Mi ne komprenas! (*Paŭzas.*) Mi timas, ke mi estas mortanta! Ĉu vere? (*Paŭzas.*) Strange! Dum miaj fortoj foriras, samtempe mia doloro foriras. Stultulo, ĉu vi estas helpanta min? Ŝajnas al mi, ke mi ne eraris veni ĉi tien. Mi faris tion, kion vi petis. Tion, kion vi petis kiel kompenson pro mia stultaĵo. Estas juste. Mi ne bedaŭras ke mi faris longan vojaĝon por porti al vi floron! Mi ne bedaŭras… tamen mi ne komprenas… mia koro… mi sentas, kvazaŭ mi fartus tre bone… jes, mi ne plu bedaŭras, mia animo ne plu suferas… tamen miaj fortoj… miaj… miaj… miaj fortoj… miaj fortoj forfuĝas! Ho, Dio! (*Silentas.*)

# Kvara akto

## Dua sceno

*Soŝo daŭre kuŝas senmove sur la tombo, kun brako etendita por demeti la floron daŭre tenatan en la mano. Eniras du homoj, la gardisto de la tombejo kaj kuracistino.*

GARDISTO (*dum ili alproksimiĝas al la tombo kie Soŝo daŭre kuŝas*): Do, doktorino, mi vidis en la kontrolkamerao tiun viron falintan. Li ne denove releviĝis. Mi vokis vin pro tio. (*Kaj montras per la brako.*)

KURACISTINO: Vi prave agis. Nun mi vidos. Espereble ne estas grava afero, tamen ni estu pretaj venigi ambulancon.

KURACISTINO (*ekzameninte la korpon de Soŝo*): Bedaŭrinde li mortis. Ne plu utilas ambulanco. Mi venigu nur alian kuraciston, por pridiskuti la kialon de la morto.

GARDISTO: Mi jam telefonvokis la policon. Kaj nun mi vokos la paroĥejon, kaj petos pastron por la lasta beno. (*Li prenas poŝtelefonon.*)

KURACISTINO: Ni bezonas ekscii la nomon de tiu maljunulo.

GARDISTO: La policanoj trovos ĝin. (*Parolas mallonge per la poŝtelefono.*) Baldaŭ pastro venos.

KURACISTINO: (*Ankaŭ la kuracistino parolas per poŝtelefono.*) Mi petis ke unu el miaj kolegoj venu. Baldaŭ li estos ĉi tie.

POLICANO (*ekaperinte*): Jen mi. Kio okazis?

KURACISTINO: Iu ulo mortis abrupte sur tiu tombo. Tie.

POLICANO: Ho, stranga afero! Li havas floron en la mano.

GARDISTO: Eble li estas parenco de la mortinto en la tombo.

POLICANO: Mi havas la impreson, ke mi jam vidis la foton de lia vizaĝo. Ŝajnas... ŝajnas... hm... Mi ne certas. Nu, eble mi rememoris. Li ŝajnas la murdinto de iu juvelisto. La juvelisto nomiĝis... Ĝono, mi kredas.

GARDISTO: Fakte, la tombo estas ĝuste la tombo de juvelisto nomata Ĝono.

POLICANO (*eltirante dokumentojn el la poŝo de la mortinto*): Kaj la nova mortinto nomiĝas Soŝo. Ĝuste la murdinto!

(*Dum la tri silente rigardas unu la alian, aldoniĝas al la grupo virino ĵus alveninta.*)

ĴURNALISTINO: Bonan tagon, gesinjoroj. Mi estas ĵurnalistino.

POLICANO: Kiu vokis vin?

ĴURNALISTINO: Amikino, vizitanta la tombon de sia avino, rimarkis ke gardisto, kuracisto, policano kunvenis haste ĉi tie, kaj telefonvokis min. Io okazis, supozeble.

POLICANO: Mi ne scias ĉu…

GARDISTO (*interrompante*): La ĵurnaloj jam multon skribis pri tiu viro, se mi bone komprenis. Antaŭ trideko da jaroj, mi kredas. Ili detale priskribis la malbonaĵojn kiujn li faris. Ĉu li ne meritas ke ili rakontu ankaŭ pri lia morto?

KURACISTINO: Sendube!

(*La policano silentas.*)

GARDISTO (*al la ĵurnalistino*): Ŝajne la mortinto estas Soŝo, kaj la mortinto… Ne, la mortinto ekster la tombo estas Soŝo, kaj tiu en la tombo estas Ĝono. Antaŭ multaj jaroj, Soŝo murdis Ĝonon.

ĴURNALISTINO: Do, tiu Soŝo portis floron kiel pardonpeton al sia viktimo, ĉu?

GARDISTO: Verŝajne. Eble. Ni ne scias. Vi ĵurnalistoj, se vi engaĝiĝas, sukcesos trovi liajn konatojn kaj ekscii de ili.

ĴURNALISTINO: Kaj kiel li mortis?

KURACISTINO: Ankoraŭ ni ne certas. Eble pro kormalsano. Sed ne skribu tion, kio ne estas certa. Baldaŭ alia kuracisto alvenos kaj mi kun li klopodos kompreni.

(*Pliaj homoj – eble el la publiko – alvenas scivolemaj kaj estigas malgrandan homamason ĉirkaŭ la tombo.*)

KURACISTINO (*rigardante preter la homojn kaj mansignante al nevidebla ulo*): Ĉi tien, kolego, venu ĉi tien!

=== KURTENO ===

*Ewa Barbara Grochowska*

# Nova fianĉino

Rolas patrino, ŝia filo Karlo kaj Roza, la fianĉino de Karlo

PATRINO: Kio urĝas, filo mia? Vi estis tiel ekscitita, kiam vi telefonis al mi, kvazaŭ okazus io eksterordinara.

KARLO: Fakte, okazis.

PATRINO: Kio do?

KARLO: Mi deziras prezenti al vi mian novan fianĉinon.

PATRINO: Jam novan? Tamen kun via lasta koramikino ni konatiĝis antaŭ apenaŭ du monatoj. Ŝi estis bela kaj simpatia. Krome, ŝi okupis gravan postenon en la urbodomo. Mi ne komprenas, kial vi forlasis ŝin.

KARLO: Nu, panjo. Vi ja scias, ne eraras tiu, kiu nenion faras. Mi daŭre serĉas, do kelkfoje mi eraras pri elektulino. Tiu ĉi tute ne similas la antaŭajn.

PATRINO: Ĉu fremdulino?

KARLO: Jes. Tamen tio ne devas ĝeni vin. Kiam vi venis nialanden, ankaŭ vi estis fremda.

PATRINO: Ĉu ŝi delonge loĝas tie?

KARLO: Apenaŭ du monatojn. Ŝi venis per ŝipo. Ŝi rakontis al mi, ke la vojaĝo estis terura. Pro la ŝtormego la ŝipo preskaŭ dronis.

PATRINO: Ho! Povrulino! Ĉu ŝi estas unu el tiuj enmigrantoj, kiuj trapasas la Mediteraneon?

KARLO: Tute ne. Ŝi vojaĝis tiel, ĉar ŝia patro estas kapitano de la komerca ŝipo.

PATRINO: Ĉu ŝi parolas nian lingvon?

KARLO: Bonege.

PATRINO: Tio trankviligas min. Se ŝi parolus kiel mi parolis la unuan jaron post mia alveno, mi certe ne komprenus ŝin.

KARLO: Ŝi estas tre kapabla. Ŝi jam regas tri lingvojn.

PATRINO: Kaj krom tio, kial ŝi estas tiel escepta?

KARLO: Ŝi ludas violonon. Bonege. Imagu: la pasintan jaron ŝi gajnis la trian lokon en la konkurso "Niccolo Paganini", en Italio.

PATRINO: Tamen, kial tio impresas vin? Vi neniam interesiĝis pri klasika muziko.

KARLO: Kaj kiu kulpas? Anstataŭ venigi min en la koncertejon, vi ĉiam kondukis min en cirkon.

PATRINO: Tion vi ŝatis kiam vi estis knabo. Vi ĉiam deziris koni la "trukojn" de prestidigitistoj.

KARLO: Nu, dank' al tiuj konoj mi pli facile ĉarmis ŝin. Miaj magiaĵoj plaĉis al ŝi.

PATRINO: Kaj cetere, ĉu eble ŝi estas...?

KARLO: Panjo, ne estu religiofobia!

PATRINO: (ofendiĝas) Mi ne diris iun ajn malbonaĵon.

KARLO: Tamen mi jam divenas pri kio vi pensas. Mi konas viajn su-po-zojn.

PATRINO: Nu, bone. Montru al mi ŝian foton.

(Karlo elpoŝigas sian poŝtelefonon)

PATRINO: Oni vidas nenion. Ŝia nigra, krispa hararo tute kaŝas ŝian vizaĝon.

Kaj... atendu, atendu! Pligrandigu la foton! Sur ŝia dekolto mi vidas ion..., ion strangan.

Tio ne estas la kristana signo, eĉ ne juvelo.

KARLO: Tio estas amuleto. Ĝi gardas ŝin kontraŭ la malbonaj sorĉoj.

PATRINO: Do ŝi kredas tiajn stultaĵojn! Niaepoke! Nekredeble!

KARLO: Panjo, samkiel vi kredas, ke dank' al preĝo al Sankta Antono vi retrovos ion perditan.

PATRINO: Karlo, ne komparu la povon de talismano kun tiu de sanktulo!

KARLO: *(diras mildavoĉe)* Ne ofendiĝu panjo. Mi pardonpetas.

PATRINO: Vi ne rakontis al mi, kie vi ŝin renkontis.

KARLO: Tre simple, surstrate.

PATRINO: Surstrate?

KARLO: Jes. Ŝi violonis por kolekti iom da mono.

PATRINO: Kial do? Vi klarigis al mi, ke ŝia patro estas kapitano.

KARLO: Jes. Tamen dum la ŝtormego multaj varoj dronis.

PATRINO: Nu, certe ekzistas la asekuro rilate al tiaj katastrofoj.

KARLO: Asekuro, asekuro. Oni devas atendi longe por ricevi la monon de la asekurkompanio. Ĉu vi memoras kiel longe atendis paĉjo post la aŭtoakcidento? Ĝuste pro tio, lia patro reveturis hejmen kaj ŝi estas sola tie.

PATRINO: Kompatinda ŝi estas. Kie ŝi loĝas?

KARLO: En la Urba Dormejo. Imagu, ili okope dormas en la sama dormoĉambro. Tie, on ne rajtas resti surloke dum la tago. Pro tio mi... mi volas demandi, ĉu vi kaj paĉjo konsentus repreni la duĉambran loĝejeton, kion vi luigas.

PATRINO: Repreni la loĝejeton? Kia ideo! Laŭleĝe oni bezonas tri monatojn por averti la loĝanton.

KARLO: Panjo, mi kontrolis tion. Laŭleĝe oni povas sufiĉe rapide forigi la loĝanton, se la repreno okazas pro urĝa familia bezono.

PATRINO: Vi forgesas, ke dank' al la luigo ni havas pliajn enspezojn. Krome, kien iros la studento, kiu subskribis la lukontrakton ĝis la fino de la lernojaro? Mi dubas pri la konsento de paĉjo.

KARLO: Tamen ŝi devas nepre havi prioritaton.

PATRINO: Kial, filo, kial?

KARLO: Ĉar ŝi estas graveda.

PATRINO: Kio? Jam graveda? Vi konatiĝis apenaŭ... mi komprenis... antaŭ tri semajnoj. Do kiel eblas? Certe ne kun helpo de la Sankta Spirito!

KARLO: Nu panjo, vi ĉiam diris, ke Dio estas ĉiopova.

PATRINO: Ĉesu ŝerci, stultulo! Vi eĉ ne scias, ĉu estas vi la vera patro.

KARLO: Panjo, kiam oni vere enamiĝas, oni ne pensas pri detaloj. Oni amas la personon tia, kia ŝi estas. Eĉ kun bebo enventre.

PATRINO: *(kaptas sian kapon permane)* Dio mia, Dio mia! Mi ne scias kion diri, kion pensi!

KARLO: Do, ne pensu, panjo, ne pensu! Mi estos bona patro kaj baldaŭ vi iĝos geavoj. Ĉu vi ne ripetas al mi, ke tridekjara junulo devas ekpensi seriozan rilaton anstataŭ ŝanĝi koramikinojn unu fojon monate? Plie, mi ne plu loĝos kun vi. Tio certe plaĉos al paĉjo.

*(Oni aŭdas la pordsonorilon.)*

PATRINO: Kiu povas esti? Mi atendas neniun. Ĉu jam....?

*(Karlo kontrolas la horon sur sia brakhorloĝo.)*

KARLO: Jes, panjo. Mi invitis ŝin por teumi kun ni je la kvara posttagmeze. Estu afabla!

*(Patrino glatigas siajn vangojn permane kaj aperigas afablan rideton.)*

PATRINO: Iru malfermi, Karlo!

*(Eniras nigrohara junulino.)*

PATRINO: *(Paŝas antaŭen kaj ekkrias)* Roza! Vi?!

ROZA: Sinjorino Perez!

*(Krias la junulino kaj la du virinoj ĉirkaŭbrakumas unu la alian dum Karlo rigardas ilin per larĝe malfermitaj okuloj)*

KARLO: Panjo, de kie vi konas Roza-n?

PATRINO: Antaŭ dek kvin jaroj mi laboris kun ŝia patrino. Tiam Roza estis adoleskantino.

PATRINO: Kiel fartas via patrino?

ROZA: Malfeliĉe, unu jaron post via translokiĝo, ŝi forpasis pro kancero.

PATRINO: Kaj via patro?

ROZA: Lia inklino al la akoholo iĝis pli kaj pli grava. Li ne plu laboris kaj pro la nepagita luo, oni eldomigis nin. La kuzino de mia patro akceptis lin ĉe si, kondiĉe, ke li komencu terapion. Mi loĝas portempe en la Urba Gastejo. Tamen tie oni povas resti nur unu monaton.

KARLO: *(vere afliktita, demandas per tremanta voĉo)* Roza! Kial vi mensogis al mi?

ROZA: Karlo, pardonu min. Mi hontas paroli pri mia patro, alkoholulo, dum vi tiel fieras pri la via.

KARLO: Ĉu ĉio estis fabelaĵo? Ankaŭ via premio en la violon-konkurso?

ROZA: Bedaŭrinde, pro la forpaso de mia patrino mi ne finstudis muzikon en la konservatorio. Partopreni tiun konkurson en Italio estis nur mia revo. Male, pri mia gravedeco mi ne mensogis.

ROZA: *(rigardas al Karlo kaj emocie asertas)* Karlo, mi ne mensogis pri miaj sentoj. Mi sincere amas vin!

KARLO: *(suspiras profunde, iom hezitas, sed finfine antaŭenpaŝas al Roza kaj brakumas ŝin)* Mi pardonas vin, Roza.

PATRINO: *(konkludas mildvoĉe)* Do, ni devas nur konvinki vian patron pri la repreno de la luigita loĝejeto. Sed mi kredas, ke li konsentos senhezite.

PATRINO: *(ridetas al la paro kaj aldonas)* Mi tre ĝojas. Estu feliĉaj!

Rafael Henrique Zerbetto

# De drako al loongo:
## la malfacila tasko esperantigi ĉinajn vortojn

Komence de tiu ĉi jaro, dum ĉinoj estis sin pretigantaj por bon-
venigi la Jaron de Drako, furoris en ĉinaj sociaj retejoj diskutoj
pri kiel traduki la ĉinan vorton 龙 (pinjine: *long*) en eŭropajn
lingvojn. De jarcentoj oni tradukas ĝin kiel *drako*, sed ju pli ĉinoj
informiĝas pri tio, kiel aliaj popoloj imagas tiun mitologian
beston, des pli ili malaprobas tiun tradukon. La uzo de la vorto
*drako* por priskribi ĉinan mitologian beston senrilatan kun la
drakoj de aliaj mitologioj okazas pro historia kialo, sed ĉu indas
daŭre uzi ĝin nur pro tio, aŭ indas serĉi pli bonan kaj tradukon
por eviti miskomprenon?

Krom la debato pri taŭgeco de kelkaj vortoj historie uzataj
en eŭropaj lingvoj por esprimi tipe ĉinajn konceptojn, ekzistas
ankaŭ debatoj pri normigo de traduko aŭ transskribo de ĉinaj
vortoj en fremdajn lingvojn, kaj pri la fakto, ke kelkaj vortoj nun
uzataj povas esti misgvidaj.

Ĉar la angla estas nuntempe la plej populara okcidenta
lingvo en Ĉinio, la plejparto de la diskutoj, ĉu inter fakuloj,
ĉu inter laikoj, fokusiĝas pri angligo de ĉinaj vortoj. Okazas,
ke solvoj elpensitaj por la angla ne nepre estas taŭgaj por aliaj
lingvoj, inkluzive de Esperanto. Ĉu esperantaj vortoj uzataj por
nomi elementojn de la ĉina kulturo estas same komprenataj de
ĉinoj kaj alilandanoj? Kiel transskribi ĉinajn vortojn per la literoj
uzataj en Esperanto? Unuavide, tiuj demandoj havas facilan
respondon, sed pli atenta rigardo rivelas la kompleksecon de
tiu ĉi temo.

## 1. La defio transskribi ĉinajn vortojn

Por la bezonoj de la katolikaj misioj en Ĉinio, la italaj jezuitoj
Matteo Ricci (1552-1610) kaj Michele Ruggieri (1543-1607)
kompilis vortaron portugalan-ĉinan, kiu estis la unua inter

eŭropa lingvo kaj la ĉina. Por tion fari, ili disvolvis la plej fruan sistemon por transskribi ĉinajn vortojn en la latinan alfabeton. Tiu vortaro estis missurbretigita en la Arĥivo de Jezuitoj en Romo kaj retrovita nur en 1934. Intertempe, aliaj aŭtoroj kreis malsamajn solvojn por transskribi ĉinajn vortojn. Komence de la 20-a jarcento, la sistemo Wade-Giles fariĝis tre populara, aparte por komunikado inter ĉinoj kaj anglalingvanoj. Ĉar ĝi estis alprenita de pluraj amaskomunikiloj, multaj lokoj kaj homoj fariĝis internacie konataj surbaze de tiu sistemo.

En la 1950-aj jaroj, lingvistoj disvolvis la *pinyin*-sistemon (esperante pinjino), kiu estis oficialigita en Ĉinio en 1958, kaj de tiam populariĝas tra la mondo kaj estas pli kaj pli ofte uzata por transskribo de nomoj de ĉinaj personoj, urboj, provincoj, manĝaĵoj ktp. La sukceso de pinjino venas de la fakto, ke ĝi estas simpla, facile lernebla kaj efektive solvas la problemon de transskribo.

Aliflanke, kiam la pinjin-sistemo estis kreita, pluraj ĉinaj nomoj transskribitaj alimaniere estis jam popularaj eksterlande: la tiama prezidanto de Ĉinio, Mao Zedong (laŭ la pinjin-sistemo), daŭre estas konata en multaj lingvoj kiel Mao Tse-tung, pro la vasta uzo de la sistemo Wade-Giles fare de anglalingvaj amaskomunikiloj en tiu epoko. La vorto *Peking* (Pekino) estas libera transskribo farita de la jezuito Martino Martini por atlaso publikigita en 1655.

Kiel la supraj ekzemploj atestas, normigi la uzon de pinjino montriĝis tre malfacila tasko: kaj en Ĉinio, kaj eksterlande, la pinjin-vortoj kunekzistas kun popularaj transskriboj laŭ aliaj sistemoj kaj tio povas konfuzi homojn: multaj pensas, ke Mao Zedong kaj Mao Tse-tung estas malsamaj homoj, dum aliaj erare supozas, ke la urbo Pekino ŝanĝis sian nomon al *Beijing*, kiam fakte la nomo ne ŝanĝiĝis, ĉina registaro nur efektivigis antikvan interkonsenton pri uzo de la pinjin-sistemo kiel normo.

## 2. Kiel esperantigi ĉinajn vortojn?

Kvankam populara kaj internacie uzata, tamen la pinjin-sistemo ne estas taŭga por Esperanto, ĉar ĝi uzas la literojn W, X kaj Y, fremdaj al la esperanta alfabeto. Cetere, malmultaj homoj ekster Ĉinio lernas pinjinon, malgraŭ tio, ke ĝi estas facile lernebla. Lerninte pinjinon, brazilano eklegos la pinjin-vorton cha (teo) kiel "ĉa", ĝia ĝusta prononco, sed antaŭ ol lerni pinjinon, ĝi estus legata kiel "ŝa", ĉar tiel oni legas cha en la portugala lingvo.

La uzo de pinjino en esperantaj verkoj, kiel kutime faras ĉinaj eldonejoj kaj amaskomunikiloj, ne estas oportuna, sed ĉu estas alternativo? Pro la grandaj diferencoj inter la fonetikaj sistemoj de Esperanto kaj la ĉina, ofte ne eblas precize fonetike esperantigi ĉinajn nomojn kaj vortojn, sed eblas krei esperantigan sistemon sufiĉe bonan, kiel tiu uzita de *El Popola Ĉinio (EPĈ)* inter 1984 kaj 1989:

| zhǔ yīn | pīn yīn | Esper ante | IFA | zhǔ yīn | pīn yīn | Esper ante | IFA | zhǔ yīn | pīn yīn | Esper ante | IFA | zhǔ yīn | pīn yīn | Esper ante | IFA |
|---|---|---|---|---|---|---|---|---|---|---|---|---|---|---|---|
| Konsonantoj (aŭ 聲母 shēngmǔ) |||||||||||||||| 
| ㄅ | b | b | b̥ | ㄆ | p | p | pʰ | ㄇ | m | m | m | ㄈ | f | f | f |
| ㄉ | d | d | d̥ | ㄊ | t | t | tʰ | ㄋ | n | n | n | ㄌ | l | l | l |
| ㄍ | g | g | g̊ | ㄎ | k | k | kʰ | ㄏ | h | h | x | | | | |
| ㄐ | j | ĝj | dʑ̥ | ㄑ | q | ĉj | tɕʰ | ㄒ | x | ŝj | ɕ | ㄧ | y | j | j |
| ㄓ | zh | ĝ | ɖʐ̥ | ㄔ | ch | ĉ | tʂʰ | ㄕ | sh | ŝ | ʂ | ㄖ | r | ĵ | ʐ |
| ㄗ | z | z | dz̥ | ㄘ | c | c | tsʰ | ㄙ | s | s | s | ㄨ | w | ŭ | w |
| Vokaloj (aŭ 韻母 yùnmǔ) ||||||||||||||||
| ㄚ | a | a | a | ㄛ | o | o | o | ㄜ | e | e | ɤ | ㄝ | ê | e | ɛ |
| ㄞ | ai | aj | aⁱ | ㄟ | ei | ej | eⁱ | ㄠ | ao | aŭ | aʊ | ㄡ | ou | oŭ | oʊ |
| ㄢ | an | an | an | ㄣ | en | en | ən | ㄤ | ang | ang | ɑŋ | ㄥ | eng | eng | əŋ |
| ㄩ | ü | u | y | ㄧ | i | i | i | ㄨ | u | u | u | ㄦ | er | er | ɚ |

Tabelo 1: Esperantigo de plimulto da fonemoj laŭ la sistemo de EPĈ[1].

[1] Tiu tabelo estas trovebla, kun pli detalaj klarigoj pri esperantigo de ĉinaj vortoj, en esperanta vikipedio: https://eo.wikipedia.org/wiki/Esperantigo_de_vortoj_el_%C4%89ina_fonto, vidita la 2-an de marto 2024.

Kvankam limigita kaj kritikata de kelkaj esperantistoj, tiu sistemo estas ĝis nun la plej sukcesa. Krom EPĈ, ankaŭ pluraj ĉinaj libroj publikigitaj en Esperanto alprenis tiun sistemon por sukcese profundigi la sciojn de alilandaj esperantistoj pri Ĉinio. Unu kutima kritiko al tiu ĉi sistemo estas la transskribo de *w* per *ŭ* anstataŭ *v*, kio kontraŭas la esperantan tradicion: Wikipedia → Vikipedio; Watt → Vato; William → Vilhelmo. Sed tiu tradicio estas bazita sur la fonetiko de kelkaj eŭropaj lingvoj. Por transskribo de orientaziaj lingvoj kaj nomoj, *ŭ* ja estas pli taŭga: Wang (王, ĉina vorto kaj ankaŭ ofta familinomo) → Ŭang; Wŏnbulgyo (원불교 korea religio) → Ŭonbulismo, Hasegawa Teru (japana nomo de Verda Majo) → Hasegaŭa Teru[2].

### 3. Esperantigo de ĉinaj vortoj: nuntempaj debatoj kaj tendencoj

Tradukado estas kompleksa procezo kiu spegulas la spiriton de la epoko kaj la manieron de homoj kompreni la mondon. Jen interesa ekzemplo: antaŭ jarcento, la nomo de la brazila subŝtato *Minas Gerais* (laŭlitera traduko: "ĝeneralaj minejoj"), konata pro sia bela kaj vasta montaro, estis esperantigita kiel Montaro. Tiu esperantigo spegulas la vidpunkton de tiamaj brazilaj esperantistoj, ke traduko de nomo de iu loko ne nepre devus esti fidela al prononco aŭ signifo de la vorto, sed devus klarigi al eksterlandano kia tiu loko estas. Nuntempaj brazilanoj preferas traduki ĝin kiel Minas-Ĝerajso aŭ Minaso: ili alprenas la prononcon kiel kriterio por esperantigo.

Esperantigi ĉinajn vortojn estas laboro esence farata de ĉinaj tradukistoj, sekve ĝi spegulas la kulturon kaj mondrigardon de ĉinoj. La malnova generacio de ĉinaj tradukistoj, al kiu apartenis elstaruloj kiel Laŭlum kaj Xie Yuming, kreskis en epoko kiam pinjino ankoraŭ ne ekzistis aŭ estis bebo, sekve ili ŝatis korespondi kun eksterlandanoj por kontroli la taŭgecon de

---

2    Ŝia nomo estis tiel skribita en la libro *Japana Kvodilibeto*, kompilita de Tazuo Nakamura kaj Miyamoto Masao. La Laguna: Stafeto, 1965. pp 55-71.

tradukoj por internacia publiko, kaj estis helpataj de la politika etoso de tiu epoko, kiam ĉinoj, post centjara humiligo fare de fremdaj potencoj, sentis fortan bezonon montri al la mondo la kulturan valoron de Ĉinio, sekve prioritato de tiamaj ĉinoj estis certigi, ke iliaj vortoj estu komprenataj eksterlande, eĉ se por tio ili bezonus alpreni alian solvon ol pinjino por transliterumo.

De kiam pinjino fariĝis uzata en alfabetigo de ĉinaj infanoj en lernejo, generacioj de ĉinoj kreskis kun la impreso, ke pinjino estas konata de ĉiuj, sekve venis sinsekvaj generacioj de ĉinaj tradukistoj kies vivosperto ne permesas al ili kompreni, ke pinjino povas esti mislegata de eksterlandano. Alia punkto estas, ke la fremda lingvo plej uzata de ĉinoj estas la angla, kiu pli bone akordiĝas kun la pinjin-sistemo ol Esperanto, kaj la plejparto de tradukaj kaj transskribaj solvoj estas origine elpensitaj por la angla kaj poste adaptitaj al aliaj lingvoj.

En 1977, la Tria Konferenco de Unuiĝintaj Nacioj (UN) pri Normigo de Geografiaj Nomoj akceptis la proponon de Ĉinio uzi pinjinon kiel internacia normo por transskribi ĉinajn vortojn al lingvoj uzantaj latinajn literojn. Esperanto, kvankam ne menciata en rilataj dokumentoj, uzas la latinan alfabeton, sekve ĝi ankaŭ devus alpreni pinjinon; sed, kiel menciite antaŭe, tiu sistemo ne estas oportuna por Esperanto. Homoj alkutimiĝintaj al pinjino povas normale legi ĝin meze de esperantaj frazoj, sed mi bone memoras la embarason de miaj lernantoj de Esperanto en Brazilo kiam ili vidis la nomon *Ziqin* (disĉiplo de Mozio) dum laŭtlegado de la esperantigita ĉina teksto "Matena Koko"[3].

### 3.1 Pinyin kiel norma transskribilo de la ĉina lingvo

Kiel menciite antaŭe, pinjino delonge estas rekomendata – ne nur de Ĉinio, sed ankaŭ de UN – por transskribo el la ĉina. Malgraŭ tiu rekomendo, pluraj nomoj daŭre estas transskribitaj alimaniere pro tradicio: Pekino, vaste populara en Esperanto antaŭ la ekapero de pinjino, pro tradicio daŭre estas tiel uzata en Esperanto, sed tiuj samaj esperantistoj uzas pinjinon por

---

3  In: GAO Jingmin (komp.). *Cent Ĉinaj Fabloj.* Pekino: Ĉina Esperanto-Eldonejo, 1999. p.1

Zaozhuang, urbo kiu famiĝis en Esperantujo antaŭ jardeko, post la inaŭguro de Esperanto-muzeo kaj diploma studprogramo en la loka universitato. Ankaŭ estas kazoj de esperantigo de lokaj nomoj kiuj dividas opiniojn de esperantistoj: ĉu Ĉengduo aŭ Chengdu? Ĉu Gŭiĝoŭo, Gŭejĝoŭo, aŭ Guizhou? Pro grandaj fonologiaj diferencoj inter ambaŭ lingvoj, esperantigo de ĉina vorto surbaze de tio, kiel ĝi sonas povas esti tre malfacila kaj en multaj kazoj la rezulto estas malkontentiga, malfacile legebla kaj prononcebla kaj/aŭ ekster la tradicio de Esperanto (ekzemple, Gŭejĝoŭo havas tri duonvokalojn).

Kvankam Ĉinio oficiale uzas nur pinjinon por transskribi ĉinajn vortojn per latinaj literoj, dum longa tempo aliaj transskriboj aŭ tradukoj estis samtempe uzataj kun la celo faciligi komprenon de eksterlanda publiko, tiel ke multaj malnovaj ĉinaj eldonaĵoj en Esperanto ne alprenis pinjinon aŭ eĉ miksis ĝin kun alia sistemo. La teksto "Matena Koko", menciita antaŭe, uzas pinjinon *Mo Di* kaj la esperantigon *Mozio* en la sama paĝo por la nomo de tiu fama ĉina filozofo; evidente tio estigas konfuzon.

Same kaŭzis konfuzon la angligo de nomoj de metrostacioj en Pekino: la metrostacio ĉe la Nacia Biblioteko de Ĉinio havas anglan nomon *National Library*, sed ĉinoj konas ĝin kiel *Guojia Tushuguan*; ricevinte tiun pinjin-nomon en sia poŝtelefono, eksterlandano ne povus trovi ĝin en mapo. Por solvi tiun problemon, nun ĉiuj metrostacioj uzas pinjinon kiel normo, kaj tiuj kun angla nomo konservas ĝin sub la pinjin-nomo.

En la cifereca epoko, malsameco de tradukoj de adresoj, nomoj de lokoj ktp fariĝis problemo aparte grava, ĉar tio malhelpas eksterlandanojn uzi taksion, mendi manĝaĵon per poŝtelefona aplikaĵo ktp, kaj tio same impulsis la popularecon de pinjino en Ĉinio, eĉ inter eksterlandanoj.

## 3.2 Disputo inter tradiciaj kaj novaj tradukoj

Lingvo ankaŭ estas grava parto de kulturo, kaj en la lasta jardeko, faktoroj kiel revigliĝo de naciismo, emo plifortigi nacian identecon aŭ deziro kuraci vundojn kaŭzitajn de koloniismo aŭ hegemoniismo, inter pluraj aliaj, antaŭenpuŝis ŝanĝojn en historie uzataj vortoj de pluraj lingvoj, kaj tiu tendenco atingis ankaŭ Esperanton.

Unu ekzemplo de tio estas la tutmonda klopodo de la GLAT-movado por antaŭenigi seksneŭtralecon en lingvoj, ĉefe por kontentigi postulon de neduumaj homoj, kiuj sin konsideras nek *li* nek *ŝi*. Feministoj ankaŭ aliĝas al lukto por seksneŭtrala lingvo, argumentante, ekzemple, ke Esperanto estas masklisma, ĉar la vorto *virino* rezultas de aldono de la sufikso -in al la vorto *viro*.

Samtempe aperas movadoj postulantaj ŝanĝojn de tradiciaj nomoj de landoj kaj urboj: laŭlonge de la pasinta jardeko iom post iom populariĝis en Esperanto la neologismo *Kijivo* por la ĉefurbo de Ukrainio, anstataŭante ĝian tradician esperantan nomon *Kievo*. Ankaŭ estas germanoj kiuj subtenas la vorton *Dojĉlando* anstataŭ *Germanio*; japanoj kiuj subtenas la nomon *Nipono* anstataŭ *Japanio* ktp.

En la angla lingvo, antaŭ ne longe estis postulo de la prezidanto de Turkio, Recep Tayyip Erdoğan, pri uzo de *Türkiye* kiel oficiala nomo de la lando, anstataŭ la delonge uzata vorto *Turkey*. Estas akceptebla lia argumento, ke *Türkiye* «reprezentas kaj esprimas la kulturon, civilizacion kaj valorojn de la Turka nacio», sed *ü* ne ekzistas en la angla, kaj mi ne kredas, ke angloj nun estos instigitaj esp/ lori la kulturon, civilizacion kaj valorojn kaŝitajn en tiu signo.

En Ĉinio, similaj polemikoj pri tio, kiel traduki ĉinajn vortojn same revigliĝis. Ĉi-jare estas la Jaro de Drako, laŭ la ĉina tradicia kalendaro, aŭ ĉu ni devus nomi ĝin la Jaro de Loongo? Sojle de la Ĉina Novjaro, tiu debato kaptis vastan atenton, ĉar tiu ĉina mitologia besto estas tiel nomita surbaze de antikvaj tradukoj fare de eŭropanoj, kiuj tiam taksis ĝin aspekton iugrade simila al tiu de drako konata en Eŭropo.

Drakoj aperas en pluraj mitologioj tra la mondo, kaj estas grandaj diferencoj inter ili. Tiu diverseco pravigas la uzon de *drako* ankaŭ por la ĉina besto. La neologismo *loongo* estas esperantigo de la vorto *loong*, kiu kunekzistis kun *dragon* en antikvaj anglalingvaj verkoj pri Ĉinio. Nuntempe, en pinjino, oni skribas *long*, la ripeto de la litero *o* en tiu antikva angligo, kiun oni nun klopodas revivigi, ŝajne estas provo imiti la prononcon de tiu vorto, kun la sono de la vokalo iom pli longdaŭra ol kutime.

Subtenantoj de *loongo* argumentas, ke ĝi estas besto favor-aŭspicia kaj bonkora, kiu vivas en la akvo, alportas bonan ŝancon al homoj kaj ŝprucas akvon por okazigi pluvon; *loongo* kapablas flugi, sed ne havas flugilojn. Tio ne kongruas kun la drako populara en la okcidenta mitologio, kiu bezonas flugilojn por flugi, vivas surtere, estas timinda kaj kruela, ŝprucas fajron kaj alportas detruadon kaj malbonon al homoj[4].

La disputo inter la vortoj *drako* kaj *loongo* ankaŭ okazas en kunteksto de rapida progreso de Ĉinio, kun okulfrapa bona efiko sur la vivkvalito de ĉinoj, kiuj sekve prifieras la landon kaj pli interesiĝas pri ĝia tradicia kulturo. Kiel natura parto de tiu procezo de remalkovro de propra identeco, ĉinoj sentas la bezonon certigi internacian agnoskon pri la valoro de la ĉina kulturo, kaj por tion fari, ili bezonas disvastigi la propran kulturon eksterlande kaj kontraŭbatali miskomprenojn pri ĝi. Studi la originon kaj kuntekston de tradicie uzataj tradukoj kaj proponi neologismojn por ilin anstataŭi ankaŭ estas parto de tiu procezo. Evidente, neniu lingva komunumo havas la devon akcepti la proponitajn neologismojn, sed indas unue pridiskuti ĉu ili estas bezonataj aŭ utilaj anstataŭ simple neglekti ilin sub la argumento, ke jam ekzistas vorto por esprimi tiun koncepton.

Alia lastatempa polemiko estas la uzo de *Xizang* anstataŭ *Tibeto*. Estas fakto, ke en la pasinteco ĉinaj publikaĵoj uzis la vorton Tibeto kiel traduko de la nomo de la aŭtonoma regiono *Xizang*, sed tiu traduko estas esence erara, ĉar *Tibeto* laŭlonge de la historio estis uzata por pli vasta teritorio, sen klare difinitaj limoj, kiu entenas ankaŭ partojn de kvin ĉinaj provincoj kaj eĉ partojn de najbaraj landoj. Tiu traduko estas kritikata de tibetologoj de almenaŭ 1935[5].

4 https://edition.cnn.com/2024/02/16/china/happy-new-year-of-the-dragon-or-loong-intl-hnk/index.html, vidita la 31-an de marto 2024.

5 https://mp.weixin.qq.com/s/Vl-ZQsvpqTqQfUJqvHFO2A, vidita la 31-an de marto 2024.

Pri *Xizang*, estas prava la argumento, ke specifa vorto por precize difini la geografiajn limojn de tiu aŭtonoma regiono de Ĉinio estas bezonata, kaj ankaŭ estas grava la uzo de sama normo por transskribo de lokoj en Ĉinio. Taŭga aŭ ne por Esperanto, pinjino estas la transskriba sistemo plej uzata kaj rekomendata por latinigo de ĉinaj signoj.

Ĉinoj de antaŭ longega tempo uzas la vorton *Xizang*, sekve estas erare diri, ke Ĉinio volas "ŝanĝi" la nomon de tiu aŭtonoma regiono, ĉar la nomo ne ŝanĝiĝis. Kio ŝanĝiĝis estis la fakto, ke dum longa tempo ĉinoj akceptis la uzon de latinida vorto fremda al ili: *Tibeto* devenas de la latina *Tibetum* kaj ne havas ekvivalentan vorton en la tibeta nek en la ĉina. Tibetanoj uzas la vorton *Bod* por la tuta teritorio loĝata de la tibeta etno, pli vasta ol Xizang, kaj *Ü-Tsang* (ĉine *Wusizang*) por la ĉefa parto de Xizang, kie vivas la plejparto de la tibetanoj. La tibeta vorto *Tsang* kaj la ĉina vorto *Zang* sonas simile kaj nomas la tibetan etnon, sekve tibetanoj ne havis problemon akcepti *Xizang* kiel nomon de la aŭtonoma regiono.

Surbaze de la konsideroj prezentitaj en la supraj paragrafoj, la uzo de *Xizang* anstataŭ *Tibeto* fare de nuntempaj ĉinoj rezultas ne nur de klopodo alpreni pinjinon kiel normo por nomoj de lokoj en Ĉinio, sed ankaŭ kiel solvo por historia problemo – la uzo de *Tibeto* kiel traduko de *Xizang*, kvankam ambaŭ vortoj havas malsamajn signifojn – kaj solvo de la problemo pri geografia precizigo.

Ĉinoj ankaŭ preferas uzi *Qomolangma*, transskribo de la tibeta nomo por la plej alta monto en la mondo, anstataŭ la angla nomo *Everest*, evidente fremda kaj sen ligo al la kulturo kaj tradicio de lokanoj. Ĉine ĝi nomiĝas *Zhumulangma*, sufiĉe simile al la tibeta vorto, sed kial ne uzi pinjinon ĉi-kaze, konsiderante ke pinjino devus esti la normo por traduko de nomoj de lokoj en Ĉinio? Mia hipotezo estas, ke kvankam tiu vorto ne estas pinjina, tamen ĝi estas preciza laŭ geografia vidpunkto kaj havas longan historian kaj simbolan signifon por la loka popolo: Qomolangma signifas "Patrino de la Universo".

Cetere, *Qomolangma* ne estas la nura ekzemplo de vorto tradukita aŭ transskribita alimaniere kaj uzata nuntempe en kelkaj specifaj cirkonstancoj: latinigitaj nomoj de antikvaj universitatoj kaj superaj lernejoj de Ĉinio ankoraŭ konservas la ortografion de kiam ili estis fonditaj, kiel ekzemple la universitato Tsinghua (pinjine ĝi devus esti skribita *Qinghua*), transskribita laŭ la sistemo Wade-Giles, kaj la Universitato de Pekino (Peking University, en la angla). Indas konservi originalajn nomojn de antikvaj institucioj kiel maniero konservi la memoron, kaj pro tiu sama kialo, antikvaj skribaĵoj en Ĉinio daŭre uzas la tradiciajn ĉinajn signojn anstataŭ la simpligitajn signojn, kiuj estas la normo nuntempe.

## 4. Konkludo

Esperantigi ĉinajn vortojn estas tasko aparte komplika, ĉar krom la tipaj malfacilaĵoj pri tradukado ĝenerale, estas ankaŭ la malsameco de skribsistemoj, fonologiaj sistemoj, lingvaj familioj kaj pensmanieroj. Kiel minoritata lingvo, Esperanto ofte ne estas konsiderata en la fakaj debatoj pri, ekzemple, tio, kiel transskribi aŭ traduki ĉinajn vortojn, tiel ke nia komunumo devas kontentiĝi per adaptado de solvoj origine kreitaj por aliaj lingvoj, aparte la angla, kiel ekzemple la uzo de pinjino aŭ esperantigo de ĝi.

Vivanta lingvo devas adaptiĝi al la epoko, kiu prezentas novajn konceptojn, realojn kaj defiojn al la parolantoj de tiu lingvo. La ĉiutagaj bezonoj de la nuntempaj ĉinoj en la cifereca epoko, samkiel la kreskantaj interŝanĝoj inter Ĉinio kaj aliaj landoj, evidentigas bezonojn pri novaj vortoj, normigo de transskriboj kaj estigo de pli preciza difino, interalie. Kontentigi tiujn bezonojn pri adaptado de la lingvo al la bezonoj de ĉiu nova generacio de ĝiaj parolantoj estas procezo de esplorado kaj debato, kiu ofte stimulas viziton al historio kaj etimologio, kaj eventuale el tio rezultas eĉ revivigo de vortoj forgesitaj en la pasinteco.

La plejparto de la vortprovizo de Esperanto originas de eŭropaj lingvoj, kaj multaj samideanoj konsentas, ke indus havi pli da aziaj radikoj en Esperanto. La nuntempa kresko de internacia intereso pri Ĉinio, kie Esperanto havas longan tradicion, estigas oportunon ĝuste por pliriĉigi esperantajn vortarojn per aldono de novaj kaj originalaj tradukaj kaj transskribaj solvoj por esprimi tipe ĉinajn konceptojn, sed Esperanto sin limigas al alpreno de solvoj origine disvolvitaj por aliaj lingvoj. Kiel solvi tiun problemon? Jen afero pripensinda.

*Jorge Rafael Nogueras*

# En la trajno de mil duboj

Longan tempon mi veturas
En la trajno de mil duboj.
Kial vi de mi forkuras?
Ĉu promesoj estas ruboj?

Se min amus vi
Mi ja scivolas ĉue,
Ĉu revenus vi
Jam pli aŭ malpli frue?

Rekantaĵo:
Ĉu min trompis vi? Ĉu? Ĉu?
Kaj ĵur-rompis vi? Ĉu? Ĉu?
En la trajno de mil duboj
Daŭre pasaĝeras mi.

Ĉu ne belajn vortojn mi
Ĉiam flustris milde-dire?
Aŭ ĉu tio igis vin
Min forlasi mil-delire?

Ĉu min amis vi
Mi ja scivolas ĉue.
Ĉu mensogis vi
Kaj mi ne strebu plue?

Ĉu min trompis vi? Ĉu? Ĉu?
Kaj ĵur-rompis vi? Ĉu? Ĉu?
En la trajno de mil duboj
Daŭre pasaĝeras mi.

Ĉu min trompis vi? Ĉu? Ĉu?
Kaj ĵur-rompis vi? Ĉu? Ĉu?
En la trajno de mil duboj
Daŭre pasaĝeras mi.

Ĉu? Ĉu? Ĉu? Ĉu?
En la trajno de mil duboj
Daŭre pasaĝeras mi.

Daŭre pasaĝeras mi.
Daŭre pasaĝeras mi.

*Jorge Rafael Nogueras*

## Liven Dek, diru jam!

Atendante la rezultojn de la BK
Mi turniĝas tien-reen kiel boko
Ĉu mi gajnis? Ĉu mi perdis?
Ĉu miaj konkursaĵoj merdis?
Liven Dek, diru jam!

Atendante la rezultojn de la BK
Malkomforte mi sidiĝas sur ĉi-roko.
La monatoj pasas lante
Kiel en l' Infer' de Dante.
Liven Dek, diru jam!

Atendante la rezultojn de la BK
Mi jam vidas ke por mi venos nur moko.
Ĉar mi dubas ke mi gajnis.
Miaj verkoj ja ne fajnis.
Liven Dek, diru jam!

Atendante la rezultojn de la BK
Mi esperas ja ne morti pro la ŝoko
Se finfine en Aruŝo
Premiiĝos mia akuŝo.
Liven Dek, diru jam!

Liven Dek, diru jam!
Liven Dek, diru jam!

*Ewa Barbara Grochowska*

## Lasta amo

Kie vi estas, kie vi estas
Mia Amo lasta?
Kiel mi rekonos vin
En la mondo vasta?

Flor' printempa bonodoras
Tamen vi ankoraŭ foras.
Sur tapiŝo multprimola
Kuŝas mi malgaje sola.

Jam flaviĝas forsitio,
Plezurigas min nenio.
Vivo estas la mistero,
Ne sufiĉas bel' de tero.

Kie vi estas, kie vi estas
Mia Amo lasta?
Kiel mi rekonos vin
En la mondo vasta?

Ĉu vi jam al mi sopiras?
Ĉu en sonĝo al mi iras?
Mi imagas vin serena
Kun rigardo tenerplena.

Eble portas vi la maskon
Por eviti plian fiaskon.
Eble flustras via koro
Pri jam tro malfrua horo.

Kie vi estas, kie vi estas
Mia Amo lasta?
Kiel mi rekonos vin
En la mondo vasta?


Venu, venu sen prokrasto
Kaj demetu vian maskon,
Ĉar ne gravas maljuniĝo,
Restas tempo por kuniĝo.

Kie vi estas, kie vi estas
Mia Amo lasta?
Kiie, Kiie, kiieee?

*Virágh Ferenc*

# Sen vi

Mi amas vin en mallumo,
kie la ombroj obstinas,
kie leviĝas la luno,
la frenezo komenciĝas.

La fulmo ronda vi estas
kiu min ĉinokte lumigas,
sen vi la vivo finiĝas,
sen vi en mallum´ mi vivas.

Vi estas vere mia spiro,
aero mia de la vivo,
sen vi ne gravas la mondo,
sen vi ne estas nuntempo.

Lumradio en mia vivo
de superfluanta ĝojo,
sen vi la vivo malvarmas,
mia amo nur en vi fidas.

La spuroj de la firmamento,
plenigas nin per la kareso,
sen vi mi la vivon ne volas,
sen vi la vivo mallumas!

*Serĝo Sir'*

# Inferaj inaj vivoj

Veas la hispan-reĝin, "Mia viv' 'stas mal-eden':
dek minutojn da plezur', naŭ monatojn da plen-pen'
du semajnojn da ripoz', kaj jam tujas la reven',
kaj jam tujas la reven'!"

"Tro ne plendu Moŝtulin' – muĝis vee lakt-bovin' –
cic-knedadoj, du en tag', kaj reante plu sen fin'
ĉiu jar' kun nask' sen fik'! Min kompatu, pli ol vin,
Min kompatu, pli ol vin!"

*Miguel Fernández*

# Raporto de la prezidanto

## E-kultura renkontiĝejo

Kaj la milito pluas. Ĉirkaŭ sesdek militoj pluas en la mondo! El ili ĉiuj, plej agitas konsciencojn kaj internaciajn instituciojn la milito en Gaza-strio. En Hispanio, pluraj amase partoprenitaj manifestacioj evidentigis la kondamnon de la hispanoj pri la masakrado de la palestina popolo far la okupacianta ŝtato Israelo. En marto 2024, kiam mi skribas ĉi vortojn, la nombro da palestinanoj murditaj ekde la pasintjara 7a de oktobro pro israelanaj militaj agoj jenas: pli ol 30 000, el kiuj 13 000 estis infanoj, t.e. nombro supera al tiu de ĉiuj infanoj mortintaj kaŭze de la militoj okazintaj en la tuta mondo en la lastaj kvar jaroj!!!, laŭ informo far la ĝenerala komisiito de UNRWA (Agentejo de UNo por Palestinaj Rifuĝintoj), Philippe Lazzarini.

Ne pro nenio Sud-Afriko, ĉe la Internacia Puna Kortumo en Hago, denuncis Israelon pri genocido al la palestina popolo. Kaj la Sekurec-Konsilio de UNo aprobis rezolucion pri batal-halto en Gaza-strio. Rezolucion, kiun, kiel kutime, Israelo ĝis nun ignoris, kvankam ĉiuj rezolucioj far tiu supera institucio de UNo estas nepre plenumendaj!

Ĉe bombardadoj al lernejoj, hospitaloj, kvartaloj... Ĉe mortoj pro vundoj kaj malsato... Ĉe mortigoj eĉ de kunlaborantoj ĉe la NRG *Wold Central Kitchen*, kiam ties membroj disdonis nutraĵojn al malsataj palestinanoj... la sango bolas de kolero; de honto, la animo. La kolektivo de la hispanlingvaj poetoj, kiu, kadre de la invado de Ukrainio, aranĝis dekduhoran seninterrompan poezian maratonon kiel proteston, ĉi-okaze reagis same. Pli ol cento da madridaj poetoj estis kunvokitaj al tio uzi siajn armilojn ŝargitajn per futuro, nome siajn versojn poemo-post-poeme, dum tuta duontago, por denunci la genocidon praktikatan de la ultradekstra registaro de Netanjahu (i.a. lia ministro pri financoj,

Becalel Smotriĉ, senhonte sin deklaras "homofobia, rasisma kaj faŝisma") kontraŭ la palestinan popolon. Mi mem, kiun kelkaj hispanlingvaj kolegoj rigardas "la voĉo de Esperanto en la t.n. *grupo de poetoj pri la kritika konscienco*", estis invitita partopreni tiun aranĝon. Fakte tiu ideo estis ricevita tiel entuziasme, ke ne malmultaj urboj en Hispanio, en la cetera Eŭropo kaj en Hispan-Ameriko samtage aranĝis similajn poeziajn mararonojn. Entute, la 20an de januaro 2024 pli ol mil poetoj en la mondo kondamnis verse la genocidon praktikatan de la ŝtato Israelo en Gaza-strio.

Miaflanke, mi verkis por la okazo la E-poemon *Gazao en la koro*, sed tial, ke mi sciis, ke mian deklamon ĉeestos, preskaŭ ekskluzive, neesperantistoj, mi hispanigis ĝin kaj deklamis ĝin en mia elesperantigo kaj tuj poste mi, prezentita kiel E-poeto, kiel kutime, faris deklamon de la lasta parto de la poemo ankaŭ en Esperanto, kio, samkiel kutime, estis tre bone akceptita de la ĉeestantaro.

Ankaŭ kolego Jorge Camacho partoprenis la poezian maratonon, sed nur hispanlingve. Por similaj aranĝoj kaj por ĉi tiu, li verkis hispanlingvan poemon, *No hay derecho* [Senrajte!], kaj li deklamis ĝin.

En postaj tagoj, la Sekretario de la BK-Komisiono, Miguel Gutiérrez Adúriz, ellaboris du videaĵojn kaj alŝutis ilin al Jutubo. Sur sama bilda kaj fonmuzika bazo, aperas, en unu el ili, mia hispanlingva deklamo de *Gaza en el corazón*[1] kaj, en la alia, mia originala E-versio, *Gazao en la koro*, en deklamo fare de unu el la plej junaj membroj de la t.n. Ibera Skolo: la E-poeto Suso Moinhos[2].

Por la 21a de marto 2024, Tumonda Tago pri Poezio, Miguel Gutiérrez Adúriz, kiel ĉiujare, petis min verki poemon tiel, ke li

---

1  Videaĵo kun i.a. deklamo far la aŭtoro de la poemo *Gaza en el corazón*, Miguel Fernández, en lia hispanigo, spekteblas ĉe: https://www.youtube.com/watch?v=a2zgApougmc

2  Videaĵo kun i.a. deklamo far Suso Moinhos de la originala E-versio de ĉi poemo, *Gazao en la koro*, de Miguel Fernández, spekteblas ĉe: https://www.youtube.com/watch?v-331nwUsH19Y

pendigu ĝin je sia Fejsbuka muro. Dirite, farite. La malhumaneco de la hom-ekstermado en Gaza-strio lasis min koncepti nur jenan poemon:

*EN LA TUTMONDA TAGO DE POEZIO 2024*

*Poemi post Aŭŝvico, laŭ Adorno,*
*egalas barbarâĵon.*
*Nu, priversadi barbarâĵojn nunajn*
*en la nova Aŭŝvico, Gaza-strio,*
*uzante poezion kiel denuncan armon*
*ŝargitan per futuro*
*(de la monat' oktobro pasintjara*
*ĝis nun falis murditaj pli ol tridek mil homoj,*
*el kiuj dek tri mil*
*estis infanoj... infanoj... infanoj...!!!),*
*egalas nepran devon*
*de poet' ne komplico pri la murdoj.*
*De poet', kiu plengorĝe krias:*
*"Doloras la homeco!!!"*
                    *"Haltigu tuj la murdojn!!!"*
                            *"Jam sufiĉas!!!"*

Ja mi, kiun hantas la ĉiutagaj bildoj pri tia terurâĵo kaj inspiras la Zamenhofa devizo *Rompu, rompu la murojn inter la popoloj,* ne povus komenci la ĉi-jaran E-Kulturan Renkontiĝejon alie ol per ĉi amara ĉapitro de la nuntempo. Ne pro mia persona partopreno en la jam priparolita poezia maratono, sed pro tio, ke en Hispanio, unu plian fojon, Esperanto, pere de la E-poezio, rolis kiel humaneca fakto apud nacilingvaj poeziaj esprimoj de kondamno al subpremantoj kaj de apogo al subprematoj. Unu plian fojon Esperanto pruvis, ke ĝi ekzistas. Kaj ke ĝi kaj la E-literaturo ekzistas por i.a. instigi la homojn al humaneco kaj por kondamni malhumanajn agadojn. Kiel multaj el la sekvantoj de miaj ĉiujaraj t.n. *Raportoj de la Prezidanto* scias, tian manifestiĝon de nia ekzisto, kaj de ties bazaj pilieroj, al neesperanta publiko, mi nomas "elkatakombigo de la E-kulturo". Kaj de sur ĉi paĝoj mi instigas E-kulturulojn adopti tian praktikon.

Tiusence, kvankam tute alikadre, same en Madrido, okazis jena ekzemplo de elkatakombigo de la E-poezio:

La pasintan 1an de aprilo madridaj e-istoj estis invititaj ĉeesti interesan artan aranĝon ĉe la t.n. Domo de Galegujo en Madrido. Ene de poezia tuto, spicita per sopranulaj kantoj, ludado de sakfluto kaj eĉ publika samtempa realigo de pentraĵo far juna artistino, oni prezentis la poemaron *A Cabeleira (Poema en 70 idiomas)* (La Hararo [Poemo en 70 idiomoj]), de la multfoje premiita galega poeto, novelisto, dramaturgo kaj eseisto Claudio Rodríguez Fer (Lugo, 1956), direktoro de la katedro Valente de Poezio kaj Estetiko ĉe la Universitato de Santiago de Compostela kaj profesoro ĉe la Universitato de Nov-Jorko kaj ĉe la Universitato de Bretonio (kie li, krome, estas honor-doktoro).

Nelonge antaŭ tio, Rodríguez Fer sin turnis al MEL (Madrida Esperanto-Liceo) petante la kunlaboron de e-isto preta deklami la E-version de lia poemo *A Cabeleira* faritan de usona e-istino, Diana Conchado, filino de la hispana e-isto Floreal Conchado, ekzilita el la Hispana Enlanda Milito (1936-1939). Diana profesoras ĉe la Nov-Jorka Universitato kaj tradukis la poemon, krom en Esperanton, ankaŭ en la anglan.

La kultura E-aktivulino Mati Montero akceptis la proponon. Kadre de la menciita aranĝo, *A Cabeleira* estis bonege deklamita ne en 70 sed ja nur en 12 lingvoj (galega, hispana, angla, germana, greka, rusa, irlandgaela, araba, persa, urdua, ĉina kaj Esperanto). Ni e-istoj havis la honoron konstati, ke la E-versio, *La hararo*, en la bele modulita voĉo de Mati Montero, metis la finan (la oran) punkton al ĉiuj deklamoj, post animkaresa prezento far la aŭtoro mem plena de admiro al nia lingvo kaj al la humanismaj progresemaj valoroj al ĝi asociitaj.

Miaflanke, min rekte tuŝas bela elkatakombiga fakto. En 1980, kiam mi konatiĝis kun la lingvo Esperanto, mi enamiĝis al ĝi kaj adoptis ĝin kiel mian unusolan verkolingvon. De tiam, en ĝi, kaj nur en ĝi, mi produktis pli ol 20 diversĝenrajn E-librojn. En 2019, la responsulo de la hispana eldonejo Calumnia Edicions, samkiel multaj el miaj amikoj ne esperantistoj, petis min publikigi hispanlingvan antologion de miaj ĝistiame verkitaj poemoj. Kaj mi cedis al la peto. La rezulto, *Semilla de arrebol*, aperinta en 2020, en mia propra hispanigo, estis tiel bone akceptita, ke en 2022 vidis la lumon ĝia portugallingva versio, *Semente de Alvoradas*, fare de la portugala liberecana poeto Carlos d'Abreu. La elkatakombigo do fariĝis duagrada. Miaj amikoj insistis pri tio, ke nun ili volas konatiĝi kun miaj prozaĵoj. Same mi cedis. El la noveloj en mia kolekto *La vorto kaj la vento*, aperigita de Mondial en 2016, mi plukis tiujn, kies enhavon trairis la etoso de la lasta periodo de la Franco'a diktaturo, kiun mi ĝisoste travivis, kaj ilin mi hispanigis kaj kunmetis en tuton. Nu, la madrida eldonejo Lastura interesiĝis pri tiu tuto kaj, kun prologo de la doktoro pri hispana filologio kaj engaĝiĝinta poeto Alberto García-Teresa, kiu plej pozitive elstarigas en ĝi i.a. la esperantlingvan devenon de la tekstoj kaj la esperantistan aktivecon de la aŭtoro, mi mem, pasintmaje Lastura aperigis mian hispanlingvan novelaron *La palabra y el viento*. Pri prezentoj de la libro, ĉefe en Madrido, sed ankaŭ en aliaj hispanaj urboj, mi ja raportos diversrevue.

Siaflanke, en 2023, mia admirata itala kolego Nicolino Rossi, unu el la elstaraj figuroj de la E-poezio kaj de la elkatakombigo de la E-literaturo, i.a. per sia italigo de *La infana raso*, de W. Auld, agis same laŭdinde kaj efike en inversa senco: li redonis al ni e-istoj la voĉon de la genia Italo Calvino en Esperanto, pere de siaj tradukoj *La Kosmokomikoj* kaj *Palomar*, en eldono far Itala Esperanto-Federacio. Geamikoj, ek al leg'! Kaj en 2024 li publikigis la libron *La arto verki kaj traduki*, en eldono de Editoriale Lombarda. Aliflanke la itallingva literatura ĉiujara konkurso nomata Samideano, okazanta en la urbo Messino, Sicilio, estas kunordigata de la tre engaĝiĝinta sicilia verkisto kaj esperantisto Prof-ro Giusseppe Campolo. Nu, plurajn poemojn kaj rakontojn premiitajn en Samideano 2021, 2022 kaj 2023 Rossi esperantigis kaj sendis al la Tradukkonkurso "Lucija Borčić", de Kroata Esperantista Unuiĝo, kie ili estis same premiitaj. Jen bela ekzemplo de la vivanteco de la E-literaturo kaj "de kunlabora sinergio inter malsamaj konkursorganizaĵoj" (N. Rossi). Antaŭen plue, kolego Nicolino, sur tiu vojo!

Plie, pri INK, nome Interkultura Novelo-Konkurso, iniciatita de Akademio Literatura de Esperanto, mi informis ĉi-loke kaj en 2021, la jaro de ĝia unua okazigo, kaj en tiu de ĝia dua okazigo, nome en 2022. En 2023, mi informis, ke, kadre de tiu dua okazigo, surbaze de la temo *Nokta vojaĝo*, INK ricevis 421 novelojn el 39 landoj. La premiitaj konkursaĵoj estis anoncitaj kaj la novel-rikolto lanĉita kuntekste de la 108a UK en Torino kun jena rezulto: la unua el la kvar starigitaj premioj en la Kategorio Progresanto, dotita per 1 000 eŭroj, estis aljuĝita al Jorge Rafael Nogueras (ankaŭ tie elstaris nia BK-ema Nogueras!) pro ties novelo *La babaŝa preĝkolĉeno*; la unua el la kvar starigitaj premioj en la Kategorio Komencanto, dotita per 500 eŭroj, estis aljuĝita al Tatjana Terehova pro ties novelo *Nokta vojaĝo (Somera promenado)*. Por sciiĝo pri la ceteraj premiitaj aŭtoroj kaj verkoj oni aliru jenan ttt-ejon: (https://bobelarto.ink/2023/07/31/la-gajnintoj-de-la-dua-interkultura-novelo-konkurso/).

Rilate al la tria okazigo de INK, eblis sendi konkursaĵojn pri la temo *La sekreta vivo de miaj najbaroj* ĝis la 30a de septembro 2023 al jena adreso: (bobelarto.ink/konkurso). La premiitajn konkursaĵojn kaj aŭtorojn oni diskonigos kadre de la 109a UK en 2024. Plue, INK anoncis sian 4an okazigon surbaze de la temo "**Artefaritaj intelektoj, pensantaj maŝinoj kaj** *Homo sapiens*". *Por pliaj priaj informoj oni sin turnu al* (bobelarto.ink/konkurso). La ĵurio taksos la novelojn kaj anoncos la gajnintojn ene de la 110a UK de Universala Esperanto-Asocio (UEA) en la somero 2025. Interese, ĉu?

Sed INK estas nur unu sekcio de la literature superaktivega dinamika juna ret-renkontiĝejo Bobelarto (https://bobelarto.ink/), kun literaturaj iniciatoj kiel, ekzemple, Verse (Verksemajno por doni elanon al via projekto!). Aŭ Duonmaratono, surbaze de literaturaj duonmaratonoj, kie eblas akompani aŭ literature "kunkuri" kun beletristoj kiel la multpremiitoj en diversaj jaroj kaj branĉoj en BK Rafael Nogueras kaj Brandon Sowers, aŭ kiel la verkistinoj Luiza Carol kaj Anna Löwenstein, aŭ kiel la kantisto Martin Wiese aŭ kiel la veterana prozisto Sten Johansson ktp ktp ktp. Nome, por ni enamiĝintoj al la E-kulturo,

Bobelarto estas vera luksaĵo, kiu modernametode ampleksigas la kampojn kaj eĥas aktualigita la spiriton de niaj tradiciaj, amataj kaj prestiĝaj Belartaj Konkursoj de UEA sen konkuri kun ni, sed, male, alportante al ni i.a. abundan promesplenan novan sevon.

Aplaŭdindas, ke ankaŭ niaj IJK-amaj TEJO-junuloj ŝajnas alte interesataj pri literaturo. Bonege! Pli specife, pri literaturo kun ligo al spektakloj, nome pri komedioj en la formoj monologo aŭ skeĉo, kiujn siatempe ni lanĉis BK-kadre, kun la intenco revigligi niajn teatrajn branĉojn kaj laŭigi ilin al la ĝeneralaj ŝatoj spertataj en nacilingvaj spektaklo-medioj. Kiel tio nin ĝojigas! Per la devizo *Ridigu Esperantujon*, ili vokas komediemajn verkistojn al partopreno, ĉu individua, ĉu grupa, pri libervole elektita temo, en la konkurso, kies rezultoj estos diskonigataj kadre de IJK 2024, okazonta, de la 18a ĝis la 25a de Aŭgusto 2024 en Šventoji, Litovio. La regularo de la konkurso konsulteblas ĉe: (https://drive.google.com/file/d/1P9TFoZoLQesy_x3-UmcRJft4_XfoapLL/view). En okazo de duboj, eblas skribi al (ijk2024@tejo.org) aŭ al (@Fydus en Telegramo).

Sed la engaĝiĝo de niaj TEJO-anoj al la E-teatro, ĉefe surbaze de la formoj nomataj muzikaloj (muzikaj teatraĵoj), proverbas kaj iliaj merititaj atingoj tiuterene ja indas je laŭdoj kaj aplaŭdoj. En 1997, kadre de la IJK en Asizo (Italio), ili enscenigis la muzikalon *Venu Rapide Homoj*, kun tekstoj tradukitaj el la originala itala muzikalo *Forza Venite Gente*. Ĝin unu jaron poste ili prezentis kadre de la Itala E-Kongreso en Frascati. En 2022, TEJO alprenis la decidon prezenti muzikalon kun teksto originale verkita en Esperanto kaj originalaj muziko kaj enscenigo. Kaj kvar TEJO-anoj konceptis la muzikalon *June kaj Kune*, surbaze de 16 kantoj kaj 15 scenoj (po du scenoj por ĉiu kongrestago plus unu por la forirtago). Nu, plej elstarigindas, ke por la realigo de tiu muzikalo niaj bravaj TEJO-anoj atingis, ke la programo *Erasmus +*, de Eŭropa Komisiono por Edukado, Trejnado, Junularo kaj Sporto, donas al TEJO 23 445-eŭran subvencion kadre de la programo KA 152!!! Eblas spekti la verkon en la Jutuba TEJO-kanalo, ĉe: (https://www.youtube.com/watch?v=FAu6vWQbdqg). Post *June kaj kune* sekvis la muzikaloj *Petveturaj aventuroj* kaj *La sorto gvidos vin*, same surbaze de originalaj E-tekstoj, muziko kaj enscenigoj kaj same dank' al la menciita subvencio fare de Eŭropa Unio. Ili ambaŭ premieris kadre de la 79a IJK en Lignano Sabbiadoro, Italio, en 2023. Eblas spekti ambaŭ verkojn ĉe: (https://www.youtube.com/watch?v=kFK5C2khdug) kaj, respektive, (https://www.youtube.com/watch?v=C4SUrL_3C3M).

Tamen, per ĉio ĉi, vere grava kaj entuziasme apoginda, ne finiĝas la arta agado far la skipo de TEJO-artistoj. Ili ĵus anoncis la baldaŭan aperon de la unua televidserio de ili realigata. Nekredeble! Ni sidos atentaj pri ajna ĉi-koncerna novaĵo. Plej ardan gratulon al niaj bravaj gejunuloj! Kaj antaŭen plue!

Kiel kutime, la finon de ĉi sekcio, *E-kultura renkontiĝejo*, mi dediĉas al elkora rememoro pri ĉiuj praktikantoj kaj amantoj de la E-kulturo forpasintaj inter la lasta pasintjara *Raporto de la Prezidanto* kaj la nunjara. Nu, ĉi-periode (2023 – 2024), sendube, pli ol unu el tiuj homoj, ve!, forpasis, sed permesu al mi koncentri al nur unu el ili, kiel reprezentanto de ili ĉiuj, la respekton kaj amon, kiujn mi sentas al ili ĉiuj en la koro. Temas pri la Kuba kompleta artistino Georgina Almanza, pasintnovembre forpasinta. Pri ŝi, en Vikipedio, legeblas jeno:

"Georgina Almanza Lanz (la 19an de aprilo 1933 – la 1an de novembro 2023) estis aktorino kaj esperantistino en Havano, kiu prezentis sin interalie en la Universalaj Kongresoj de Esperanto 1990 en Havano, 1993 en Valencio, 1996 en Prago, 1998 en Montpeliero kaj 2008 en Roterdamo, ĉiam kun granda akcepto de la publiko. En 2010 ŝi ricevis de UEA la diplomon pri Elstara Arta Agado pro sia kontribuo al la esperantista kulturo. Ŝi estis elektita Honora Membro de Kuba Esperanto-Asocio en 2013. Ŝi profesie laboris kiel parolistino por radio kaj televido, aktorino en teatro, televido kaj filmoj. Ricevitaj premioj: Kuba Nacia Premio de Radio, transdonita de la Kuba Instituto de Radio kaj Televido (ICRT) kaj Premio ACTUAR, transdonita de la Artista Agentejo pri Scenaj Artoj en 2016".

Certe, jes. Sed, krom tio, ke ŝi grandis kiel aktorino, parolistino kaj artistino, Georgina Almanza estis anime kaj kore altstatura homo. Kun ŝi mi bonŝance konatiĝis kadre de la UK en Valencio, 1993. Mia tiea LKK-aneco pri artaj aranĝoj havigis al mi la eblon intimiĝi kun ŝi ĉe ŝiaj provludoj, kie ŝi evidentigis sin granda damo de la scenejo sed kun malstelulinecaj afablo, komprenemo pri la situacioj kaj ĉiamaj optimismo kaj gajo. Fine, ŝia prezentado, kanta-deklama irado tra plej diversaj esperantigitaj tekstoj de plej gravaj Latin-Amerikaj figuroj de beletro, kun plena majstreco super ĉiaj surscenejaj rimedoj... aparte kaptis min kaj la tutan ĉeestantaron en ŝia prezentado.

Kvin jarojn poste, kadre de la tiama UK en Montpeliero, mi feliĉe renkontiĝis kun ŝi. Kaj postkongrese ŝi alprenis la decidon veni al Madrido por viziti kelkajn geamikojn kaj akcepti mian inviton gasti ĉe mi unu tutan semajnon. Neforgeseblas la bonaj momentoj kune travivitaj. El ili ĉiuj, restos por ĉiam en la memoroj de Carmen, mia edzino, de ties fratino Ana kaj en la mia propra la hispanlingva prezentado de ŝia muzika-poezia spektaklo en la vivoĉambro miahejma. Tion ŝi faris tute kvazaŭ ni troviĝus en vera teatro. Aktorine kostumita kaj ŝminkita, ŝi igis min prezenti ŝin al la publiko (nur Carmen kaj Ana), okupiĝi pri la lumoj kaj pri la muziko, kiu devis akompani ŝiajn kantojn kaj deklamojn, laŭe al noto kaj kasedo, kiujn ŝi enmanigis al mi... Sed jam antaŭ ol mi prezentis ŝin al la dupersona "publiko", starante ĉe la koridoreto, kiu kondukas al la vivoĉambro, ŝi petis min havigi al ŝi pokaleton da konjako nur por ke ŝi malsekigu al si la lipojn, laŭe al superstiĉe malnervoziga kutimo de ŝi praktikata antaŭ ol surseceniĝi. Nome, ŝi spektaklumis ĉe mi, kun mia modesta "teknika" kunlaboro kaj antaŭ dupersona "publiko", kvazaŭ en granda prestiĝa teatro plenplena de eminentaj spektantoj. Tia artista grandeco! Tia homa nobleco! Tia respekto al la aktora profesio kaj al la publiko! Kiel Carmen, Ana kaj mi eklarmis tiam kaj eklarmas nune, ĉiufoje, kiam ni rememoras tiun mirindan unikan neforgeseblan prezentadon de la granda Georgina Almanza!

Reveninte en Kubon, ŝi poŝtis al mi ekzempleron de la libro *Mi vida en el arte* [Mia vivo en la arto], hispana versio de la membiografio verkita de la genia rusa aktoro, direktoro kaj kreinto de la plej renoma el la metodoj pri aktorado (la t.n. Stanislavski-metodo aŭ, simple, La Metodo) Konstantin S. Stanislavski. Georgina Almanza, fakulino pri La Metodo, sciis min fervora admiranto de ĝi kaj de ties kreinto. Kaj ŝi subskribis al mi la ekzempleron sub jena dediĉo:

*Por Miguel, granda artisto kaj amiko. Amas vin kaj memoras vin kun amo kaj danko Georgina Almanza. Septembro 98.*

Nun mi eklarmas.

Al ŝi kaj al ĉiuj praktikantoj kaj amantoj de la E-kulturo mortintaj ekde mia pasintjara *E-kultura renkontiĝejo* ĝis nun la tero estu malpeza!

**Belarta rikolto 2024**

Ĉi-sekcie mia unua penso ne povus rilati al alio ol al korvunde bedaŭrinda malapero de nia kolego, amiko kaj juĝkomisionano en la branĉoj Prozo kaj Mikronovelo Giulio Cappa. Kio pri li? Kie nun li? Ni scias nur pri forpaso de membro de lia familio, kion ni plej elkore bedaŭras. Sed pri li mem, nenion. "Giulio, mi ne volas perdi la esperon iam renkonti vin. Se ĉi mesaĝo iel-iam trafos vin, bonvolu nin kontakti. Ni ja ege sentas vian mankon. Ni amas vin".

Kiel sciate, pasintjare, al la problemo estigita en la branĉoj Prozo kaj Mikronovelo pro la malapero de Giulio, aldoniĝis la tute respektinda decido de nia valora juĝkomisionano en ambaŭ branĉoj Tim Westower ĉesi ĵuriani pro tempomanko. Kaj, kiel sciate, la BK-Sekretario petis Westover'on okaze, sole por BK-2023, resti nur en la branĉo Mikronovelo, kion Tim plej volonte akceptis. Kaj, kiel mi klarigis pasintjare, rilate al la branĉo Mikronovelo, la sekretario denove uzis jenan okazan rimedon, kiun nia regularo proponas apliki en ĉi tiaj situacioj: oportuna anstataŭanto de mankanta juĝkomisionano estas la Prezidanto de la Komisiono (tiam kaj nuntempe, mi mem). Kaj mi akceptis tiun okazan taskon nur kiel solvon de la situacio. Miaflanke, mi preferas neniel enmiksiĝi en la juĝadojn far niaj ĵurianoj. Tial mi tralegis ĉiujn ĉi-branĉajn konkursaĵojn kaj poentumis ilin sen scio kaj supozo pri la priaj opinioj de la du ceteraj juĝkomisionanoj, nome Tim Westover kaj Trevor Steele.

Sed ĉi-jare endis trovi dignan anstataŭanton de Westover. Kaj ni trovis lin. Temas pri nia bona kolego kaj amiko Nicola Ruggiero, tiel proksima al BK, ke ĝis nun li estis diversokaze premiita: en BK-2009, du liaj konkursaĵoj en la branĉo Poezio ricevis la unuan kaj, respektive, la duan premion; en BK-2013, du liaj konkursaĵoj ricevis la unuan kaj, respektive, la trian premion; kaj en BK-2015 liaj konkursaĵoj en la branĉoj Eseo, Prozo kaj Teatraĵo ricevis, respektive, la duan premion. Plie, en Vikipedio legeblas pri li i.a. jeno:

"Nicola Ruggiero (naskiĝis la 22-an de januaro 1986 en Mola di Bari) estas itala esperantisto, premiito de Belartaj Konkursoj de UEA, aktiva en la junulara kaj en la literatura movadoj. Ekde 2008 ĝis 2016 li loĝis en Rejkjaviko kaj Seltjarnarnes, Islando. Li studis lingvojn anglan kaj islandan ĉe la Universitato de Islando kaj diplomiĝis per islandlingva disertacio pri la memtradukado ĉe poeto Baldur Ragnarsson. Ekde 2017 li translokiĝis al Torino, Italio, kaj studas lingvistikajn sciencojn kiel magistra studento en la tiea universitato. Interalie, li trapasis la ekzamenon pri planlingvistiko (docento: Federico Gobbo), kiu inkluzivas interlingvistikon kaj esperantologion, kaj donis du gastlecionojn en la itala pri William Auld kaj *Poemo de Utnoa* [de Abel Montagut, mi aldonas]".

Rilate al liaj aktivecoj en la E-movado, la Vikipedio-artikolo asertas jenon: "De 2006 ĝis 2008 li estis prezidanto de Itala Esperantista Junularo, kaj sekve de 2006 ĝis 2008 estis komitatano B de Tutmonda Esperantista Junulara Organizo. Ekde 2006 li estas komitatano de Esperantlingva Verkista Asocio. En 2013 li aktivis en la LKK de la UK 2013 (98-a UK). De 2018 li apartenas al la redakta skipo de *Beletra Almanako*".

Al tio mi volas aldoni du aferojn. Jen la unua: la 24an de julio 2008 naskiĝis en Roterdamo la t.n. ALE, nome Akademio Literatura de Esperanto, por daŭrigi la laboron de la iama EVA, nome Esperantlingva Verkista Asocio. Jam de 2021 ALE organizas la de mi jam menciitan INK-on, nome Interkulturan Novelo-Konkurson. Nu, ĉe ALE, sub la prezidanteco de kolego Mauro Nervi, Nicola Ruggiero komitatanas. Kaj jen la dua afero: mi volas kapti ĉi okazon por publike danki mian kolegon kaj amikon Nicola Ruggiero pro lia literature kaj analize altnivela *Antaŭparolo* kadre de mia lasta E-poemaro, *Semo de matenruĝoj*, pasintjare publikigita de Mondial. Fortan brakumon, Nicola!

La cetera ĵuriano necesa por kompletigi la triopon en la branĉo Mikronovelo facile troveblis. Temas pri nia kompano en la t.n. Ibera Skolo Antonio Valén, juĝkomisionano de BK en la branĉo Eseo, poeto, eseisto kaj tradukisto (pasintjare Mondial aperigis lian elstaran esperantigon de unu el la plej gravaj romanoj el la hispana literaturo posta al la Hispana Enlanda Milito, nome *Sinjorino en ruĝo sur griza fono*, de Miguel Delibes, kaj nuntempe li pretigas tradukon de same postmilita kaj same grava romano, ĉi-okaze, de Ramón J. Sender). Valén plej volonte akceptis simultanigi sian ĵurianecon Esean kun la Mikronovela. Bonvenon do, kara Antonio, al ĉi aldona tasko en ĉi branĉo, al kiu sendube vi alportos grandajn bonojn per viaj literaturaj saĝo kaj kompetenteco!

En la branĉo Prozo, la serĉado de eventualaj kandidatoj portis nin al unu el la solvoj plej dezirindaj, kontentigaj kaj, tamen, ĝis nun preskaŭ neeblaj, malgraŭ niaj eksterordinaraj klopodoj. Finfine, sukcesinte siatempe engaĝi niajn elstarulinojn Krys Williams kaj Ankie van der Meer al BK-ĵurianeco, ni sukcesis ĉi-jare engaĝi trian elstaran virinon: Anja Christina Stecay, pli konatan en Esperantujo kiel Anina Stecay! Pri ŝi, en Vikipedio legeblas jeno:

"Anina Stecay (Bad Hersfeld, 1976) estas germana esperantisto kaj verkisto. Ŝi loĝas en Hanau, kie profesie ŝi estas kuracisto. Ŝi studis medicinon en Frankfurto kaj Maastricht kaj pedagogion de plenkreskuloj en Hagen. Ekde 2004 ŝi laboras kiel kuracistino, ĝis 2018 en la urba hospitalo de Hanau, kie ŝi specialiĝis pri neŭrologio. Nuntempe ŝi laboras en kuracistejo. Ŝi partoprenas ofte en Esperanto-aranĝoj kaj prelegas en ili. Ŝi estas fakulo pri krimromanoj kaj fakte ofte verkas tiajn tekstojn, ekzemple en *Beletra Almanako*. Ŝi loĝas en la regiono de Frankfurt ĉe Majno kaj membras en la frankfurta klubo (Esperanto-Societo Frankfurto), kie ŝi estas vicprezidantino. Ŝi esperantistiĝis en 2010 kaj studis Interlingvistikon en Adam-Mickiewicz-Universitato en Poznano 2011-2014. Ŝi diplomiĝis en esperanta literaturo pri detektiv-fikcio. Ŝi ade prelegas ĉe Interkultura Centro Herzberg dum la interlingvistikaj studsesioj pri lingvaj kaj literaturaj temoj kaj ankaŭ estas tie unu el la kursgvidantoj de la nova modulkursaro por Esperanto-instruistoj kaj -movaduloj. De 2018 ŝi apartenas al la redakta skipo de Beletra Almanako".

Bonvenon do, Anina! Kaj sukcesan ĵurianan laboron!

Sciindas, ke, pasintjare, post apero de la rezultoj de BK-2023, Giuliano Turone, nia jam delonga juĝkomisionano en la teatraj BK-fakoj (branĉo Teatraĵo plus subbranĉo Monologo aŭ Skeĉo), petis nin pri eksigo post multjara ĵurianeco. Ni elkore dankas lin pro lia longa fruktodona sindediĉo al juĝado de BK-teatraĵoj kaj deziras al li ĉion bonan en la nova etapo de lia agado.

Kiel lian anstataŭanton ni trovis junan talentan teatro-homon: Alena Adler. Petite pri sinprezento, la nova juĝkomisionano diras pri si mem jenon:

"Alena Adler spertiĝis pri teatro ĉe diversaj lokaj teatroj – kaj surscenejе kaj malantaŭ la kulisoj; kiel aktoro, danckomponisto kaj reĝisoro. Ri fondis Kino-Teatro-Festivalon kun la duobla celo instrui Esperanton al aktoroj kaj spertigi esperantistojn pri teatro kaj filmo. Alena instruis ĉe la Nord-Amerika Somera Kursaro plurajn jarojn, kaj profesie tradukas el la angla en Esperanton.

Ri koncertis individue kaj kun aliaj muzikistoj en Esperanto-aranĝoj en Nord-Ameriko kaj Eŭropo. En 2021, ri reĝisoris kaj aktoris en subtena rolo por *1910*, teatraĵo verkita de Yevgeniya (Ĵenja) Amis, prezentita en la tiujara UK, filmita de Alexander Vaughn (Alekso) Miller por Jutubo. Alena kunprezentis en tiu sama tago, krom teatro, ankaŭ koncertformatan elĉerpaĵon de "Starmania", elfrancigitan de Guillaume Armide. Kelkajn monatojn poste, kelkaj el tiuj kantoj estis registritaj en Francujo. Dum tiu vojaĝo, Alena prenis la okazon volontuli plurajn semajnojn ĉe Vinilkosmo. Reveninte al Usono, ri enskribiĝis en la nova redakcio de Usona Esperantisto, la periodaĵo de Esperanto-USA, kaj fariĝos parto de la nova teamo kiu prezentos la programon por La Usona Bona Film-festivalo".

Ni varme bonvenigas Alena'n Adler kaj esperas de ties kompetenteco interesajn alportojn al la teatraj BK-fakoj.

Prezentinte niajn novajn juĝkomisionanojn, ni transiru de ili en la konkursaĵojn. Unue, kvante. Unu jaron plian, en la monato februaro, ricevinte magran kvanton de verkoj, la Sekretario telefone manifestis al mi sian zorgon pri tio. Kaj, kiel ĉiujare, mi memorigis lin pri kutimo, aliflanke altgrade hispaneca, de granda parto de nia tutmonda konkursantaro: oni prokrastas la sendon de siaj konkursaĵoj ĝis la lastaj semajnoj, ĝis la lastaj tagoj, ĝis la lastaj horoj... de la limdato: la 31a de marto. Tamen ĉi-jare tio ŝanĝiĝis. Fine, la timoj de la Sekretario evidentiĝis pravaj: ni ricevis nur 110 konkursaĵojn!!! Temas pri 70 verkoj malpli ol en 2023!!!; 63 malpli ol en 2022!!!; kaj 76 malpli ol en la rekorda jaro 2021!!!

La kialo de tiu bruska defalo pri la nombro da konkursaĵoj ja konsiderindas. Kio do okazis ĉi-jare? Akurate, kiel kutime, ni aperigis la alvokon al partopreno en BK-2024; same akurate kaj bunte kiel kutime, en sociaj retoj, la Sekretario memorigis nian beletremularon pri la bonoj el partopreno en BK. Ĉu eble iel povus influi la pululadon de literaturaj konkursoj en Esperantujo? Se jes, ni ĉiuj, iliaj organizantoj, devus priparoli la manieron agadi sinergie tiel, ke ni laŭcble potencigu unu la alian evitante la malon.

Ĉion ĉi konsiderinte, jen mi pretas gvidi vin en la laŭbranĉan konsiston de la ĉi-jara rikolto.

**Branĉo Poezio.** Juĝkomisiono: Krys Williams, István Ertl, Mao Zifu. Partoprenis 24 verkoj de 13 aŭtoroj el 10 landoj (6 el Azio, 1 el Ameriko kaj 17 el Eŭropo), nome 27 konkursaĵoj malpli ol en BK-2023 (51-29-18), 29 konkursaĵoj malpli ol en BK-2022 (53-24-17) kaj 43 konkursaĵoj malpli ol en BK-2021 (67-35-22)!

Ankaŭ ĉi-jare, samkiel en BK-2023, la ĉi-branĉa juĝkomisiono aljuĝis la tri eblajn premiojn, sed, malkiel pasintjare, en BK-2024, ĝi aljuĝis neniun honoran mencion. Kaj ankaŭ ĉi-okaze, kiel kutime en la lastaj jaroj, la kazaĥa poeto Evgenij Georgiev fariĝis premiita. Ĉi-jare eĉ duoble, nome per la premioj unua kaj dua. Merititan gratulon do al li! En mia pasintjara raporto mi skribis prie jenon:

"Surprizas onin la sonetkron-emo praktikata de la poeto Evgenij Georgiev en la nuntempa epoko. Emo aprezinda, se juĝi laŭ la kvanto da premioj ĉi-branĉe ricevitaj de liaj elplumaĵoj en la lastaj jaroj pro la evidenta ŝato de niaj juĝkomisionanoj pri tiuspeca kaj tiupoeta poemado. Jam en BK-2019, lia sonetkrono *Terra Incognita* atingis la duan premion en la branĉo Poezio, krom ke lia klasikstila unuopa poemo *Tor fiŝkaptas* ricevis la trian premion. En BK-2020, alia sonetkrono de Georgiev, *Ek sor*, atingis la duan premion. En 2021, nova Georgiev'a sonetkrono, *La sonĝo*, ricevis honoran mencion. En 2022, niaj ĵurianoj aljuĝis honoran mencion al lia sonetkrono *Cimbalaro*, krom ke lia unuopa klasikstila poemo *Reĝino nokt'* ricevis la duan premion. Kaj ĉi-jare lia sonetkrono *Murditaj floroj* same atingis la duan premion, dum lia klasikstila unuopa poemo *Kovrilo* ricevis honoran mencion".

Nu, en BK-2024 la ĉi-branĉa juĝkomisiono aljuĝis la unuan premion al la soneto *Litera Turo* kaj la duan premion al la poemo *Reveno*, ili ambaŭ de la talenta kazaĥo Evgenij Georgiev. La tria premio iris al la poemo *Mia lasta vizito*, de la jam de longe konata kaj apreciata poeto Benoît Philippe, el Germanio.

La fakto, ke en ĉi-epokaj literaturaj konkursoj en Esperantujo oni ofte prezentas sonetojn preskaŭ unikas, almenaŭ en Okcidenta Eŭropo, kie oni jam de tre longe poemas, ĉefe, surbaze ne de klasikaj strofoj sed de blankaj liberaj versoj. Kaj ĉi fakto elokventas pri la forma kaj tema postiĝinteco de la nuntempa E-poezio, kiu elkrias la nepran neceson pripoemi la nunon, niajn amojn, emojn, sociajn kritikojn, aspirojn, utopiojn... per nuntempaj formoj. Nuntempaj E-poetoj, ek do al tiu tasko!

**Branĉo Prozo**. Juĝkomisiono: Trevor Steele, Julian Modest, Anina Stecay. Konkursis 18 verkoj de 12 aŭtoroj el 8 landoj (2 el Azio, 2 el Ameriko kaj 14 el Eŭropo), nome nombro de verkoj malsupera per 24 al tiu en BK-2023 (42-26-16) kaj malsupera per 20 al tiu en BK-2022 (38-22-16).

Malgraŭ ke unu el la juĝkomisionanoj montras sin ne entuziasma pri la averaĝa nivelo de la konkursaĵoj, alia el la triopo manifestas interesan perspektivon, kiun mi rigardas diskoniginda ĉi-sekcie. Jen ĝi:

*"La literaturo estas tre grava por Esperanto. La lingvo vivas en la literaturo. Dank' al la literaturaj verkoj la lingvo evoluas, pliriĉiĝas, iĝas pli fleksebla kaj pli elokventa. La Belartaj Konkursoj stimulas la geesperantistojn verki originale. Multaj personoj ŝatas esprimi siajn ideojn, pensojn, sentojn verkante. La legantoj trovas en la verkoj pensojn kaj sentojn, kiuj vekas iliajn emociojn kaj tiel la legantoj travivas la verkitajn historiojn.*

*Sendube la plej malfacila afero estas verki prozon, pli ĝuste rakontojn, novelojn. La rakonto estas mallonga verko, sed en ĝi la verkanto devas rakonti interesan allogan historion, prezenti la individuajn karakterojn de la rolantoj, arte interpreti vivmomentojn. La verkanto devas bone scii kial li verkas, kion li deziras diri al la legantoj kaj kiel diri tion. La verkanto ne devas rekte esprimi sian ideon, sed doni eblecon al la legantoj mem diveni la ideon. La stilo de la rakonto devas esti klara kaj influi la sentojn de la legantoj.*

*Tio estas la ĉefaj kriterioj laŭ kiuj oni devas pritaksi iun rakonton.*

*La ĉi-jaraj rakontoj de la Belartaj Konkursoj estas diverstemaj kaj tio tre gravas. Legante, oni konstatas, ke iuj el la aŭtoroj sukcesis bone priskribi siajn travivaĵojn, klare esprimi siajn pensojn kaj bone arte interpreti la ideojn, kiuj igis ilin verki. La atmosfero en pluraj rakontoj estas alloga. Kompreneble ne ĉiuj aŭtoroj sukcesis. Estis rakontitaj historioj, kies enhavo ne estas originala kaj sonas konate. Gravas, ke ĉijare estas humuraj rakontoj, kiuj surprizas la legantojn per neordinara situacio kaj per bone skizitaj karakteroj de la rolantoj.*

*Impresas la fakto, ke preskaŭ ĉiuj aŭtoroj ne spertas bone uzi la riĉecon de la lingvo. En la rakontoj preskaŭ mankas la artaj esprimoj kaj vortfiguroj: simboloj, metaforoj, komparoj.*

*Mia opinio tamen estas, ke la arta nivelo de la ĉi-jaraj rakontoj entute estas pli alta".*

Efektive, la fakto, ke ĉi-jare estis aljuĝitaj la tri ĉefaj premioj kaj neniu honora mencio, fronte al tio, ke pasintjare oni aljuĝis nur la premiojn unuan kaj duan plus tri honorajn menciojn, ŝajnas konfirmi la ĉi-supran aserton. Cetere, ĝojigas konstati, ke la aŭtoro de la verko ricevinta la unuan premion, *Brodita tuketo,* estas la plurtalenta kaj preskaŭ ĉiujare premiita diversbranĉe en la lastaj okazigoj de BK Ewa Barbara Grochowska, el Francio. Elkoran gratulon, Ewa! Kaj, kompreneble, gratulon al la ceteraj premiitoj!

**Branĉo Mikronovelo.** Juĝkomisiono: Trevor Steele, Nicola Ruggiero, Antonio Valén. Partoprenis 35 verkoj de 16 aŭtoroj el 12 landoj (9 el Azio, 6 el Ameriko, 20 el Eŭropo), nome nombro de konkursaĵoj malsupera per 24 al tiu en BK-2023 (59-28-18) kaj malsupera per 19 al tiu en BK-2022 (54-25-16).

Unu plian jaron elstaris proz-terene la jam konata fekunda talentulo Jorge Rafael Nogueras, el Porto-Riko (pasintjare unu el liaj verkoj ricevis la unuan premion kaj alia honoran mencion en la branĉo Prozo), kies ĉi-jaraj konkursaĵoj *Enamiĝinto* kaj *Unuaj amrendevuoj* atingis la unuan premion kaj, respektive, la duan en la branĉo Mikronovelo. Duoblan gratulegon! Krome, la verko *Ridetema soldato,* de Yin Jiaxin, el Ĉinio, atingis honoran mencion. Bonvenon kaj antaŭen!

Mi ne ricevis de la juĝkomisionanoj ĝeneralajn konsiderojn pri la kvalito de la ĉi-jara rikolto en la branĉo Mikronovelo. Nur unu el la ĵurianoj vortumis jenon pri la verko ricevinta la unuan premion: "Lerta evoluo kun tre surpriza frapfrazo. Lingvouzo senmanka".

**Teatraj fakoj.** Kutime, ene de ĉi sekcio, mi konsideras la rikolton en la branĉo **Teatraĵo** plus la rikolton en la subbranĉo **Monologo aŭ Skeĉo. Premio María Cuevas.** Ĉi-jare, en la branĉo Teatraĵo, kies juĝkomisionon konsistigas Saša Pilipović, Georgo Handzlik kaj Alena Adler, partoprenis 1 verko de 1 aŭtoro el 1 lando (1 el Eŭropo), t.e. tutsame kiel pasintjare (1-1-1), 3 verkoj malpli ol en BK-2022 (4-4-3) kaj la sama nombro de verkoj (1-1-1) kiel en BK-2021 kaj en BK-2020.

Rilate al la subbranĉo Monologo aŭ Skeĉo, kun la sama juĝ-komisiono kiel la branĉo Teatraĵo, ĉi-jare partoprenis en ĝi 2 verkoj de 2 aŭtoroj el 2 landoj (2 el Eŭropo), nome 1 verko malpli ol en BK-2023 (3-3-3), 7 verkoj malpli ol en BK-2022 (9-6-6) kaj 2 verkoj malpli ol en BK-2021 (4-2-2). Se aldoni tiujn 2 verkojn al la sola konkursaĵo partopreninta en la branĉo Teatraĵo, oni ricevas entute 3 verkojn en la de mi nomataj "Teatraj fakoj", alitempe, simple, Teatraĵo, fronte al la 4 verkoj pasintjare ricevitaj kaj al la 13 teatraj konkursaĵoj entute partoprenintaj en BK-2022!!! Kiel nin zorgigas tia terura apika falado de la nombro de ĉi-fakaj konkursaĵoj!

Pri la unusola verko ricevita en la branĉo Teatraĵo, *La Krimulo kaj la Floro*, de la italo Raffaele Del Re, oni aljuĝis al ĝi la trian premion. La saman premion ricevis pasintjare la konkursaĵo *La Manĝejo de la Kvarfolio*, de la sama aŭtoro. Pri *La Krimulo kaj la Floro*, unu el la juĝkomisionanoj opinias, ke ĝia nivelo superas la averaĝan en la lastaj jaroj. Plie, ke la aŭtoro tre klare rakontas la historion, kiu fojfoje surprizas lin pozitive. Inter la negativaĵoj en tiu verko, la ĵuriano asertas jenon: "ne eblas prezenti ĝin sur esperantaj scenejoj: tro multe da scenografiaĵoj, tro multe da aktoroj, tro mallonga daŭro. Pli radia ol teatra karaktero". Dua ĵuriano opinias, ke "la verko estas interesa sed iomete naiva" kaj ke "ĝi povus esti interesa kiel radio-dramo". Pri ĉi lasta aspekto, la du menciitaj ĵurianoj ŝajnas do samopinii. Kaj tio igas nin pensi pri alia eblo, kadre de la Teatraj Branĉoj: verkoj konceptitaj ne por surscenejaj sed por podkastaj prezentadoj. Ĉi aspekto de la afero do priparolindas kaj disvolvindas cele al ĝia definitivigo por venontaj okazoj.

La tria ĵuriano asertas i.a. jenon: "Mi imagis, ke senpeka lingvouzo estu baza komencpunkto por premiigeblo". Kaj mi kaptas la ŝancon por memorigi ĉiujn niajn konkursantojn en ajna (sub)branĉo pri la konveno, ke sperta(j) esperantisto(j) kontrolu la lingvouzon de ĉiu konkursaĵo sendota al la Belartaj.

Cetere, juĝkomisionano Georgo Handzlik sendis al ni interesajn konsiderojn pri la plusoj kaj minusoj en la premiita verko, samkiel serion da proponoj por la premiita aŭtoro. Ĉion ĉi mi petas la BK-Sekretarion sendi al Raffaele Del Re kiel nemalhaveblan donacon el scenejomajstro Georgo Handzlik.

Rilate al la subbranĉo Monologo aŭ Skeĉo, ĉi-jare, samkiel pasintjare, la unua premio, nomata Premio María Cuevas, estis ne aljuĝita; la trian premion pasintjare ricevis la verko *Kromnomo*, de Ewa Barbara Grochowska, el Francio. Sed ĉi plurtalenta beletristino, ĉi-jare suprenris unu ŝtupon atingante la duan premion por sia konkursaĵo *Nova fianĉino*. Elkoran gratulon do al Grochowska! Antaŭen plue!

La tria premio ĉi-jare estis ne aljuĝita.

**Infanlibro de la jaro.** Juĝkomisiono: Ricardo Albert Reyna, Jeon-yeol Jang kaj Martin Markarian. Konkursis 14 infanlibroj de 6 eldonejoj el 6 landoj (1 el Ameriko, 13 el Eŭropo), nome 12 verkoj pli ol en 2023 (2-2-2) kaj 7 pli ol en 2022 (7-6-6)!!!

Grand-efekta rikolto! Almenaŭ ĉi-branĉe ni ne nur ne malkreskis sed impone kreskis. Brave al la E-eldonejoj, kiuj dediĉas sian agadon al ĉi grava parto de nia literaturo, al potencigo de beletramo ĉe infanoj!

Ĉi-jare la premion Infanlibro de la Jaro ricevis la Eldonejo Esperanto-Asocio de Britio pro la verko *Doktoro Esperanto kaj la lingvo de Espero*, de Mara Rockliff, ilustrita de Zosia Dzierżawska. Pri ĝi, unu el la jugkomisionanoj asertas jenon:

*"Estas malfacile por libroj originale verkitaj en Esperanto konkuri kun verkoj de internaciaj aŭtoroj. Ĉi tiu libro eble ne estas sur la sama literatura nivelo kiel kelkaj el la aliaj kiuj sukcesis en naciaj merkatoj, sed ĝi estas multe pli bona ol la plej multaj aliaj originalaj infanlibroj en Esperanto.*

*Ĝi taŭgas por sufiĉe ampleksa gamo de aĝoj kaj transdonas valorojn, kiuj estas precipe gravaj por esperantistoj, sed ankaŭ por aliaj. La lingvo estas agrabla, senerara kaj klara. La ilustraĵoj estas bonegaj, pli bonaj ol tiuj de kelkaj infanlibroj en aliaj lingvoj. Bela nova kontribuo al porinfana literaturo en Esperanto".*

Entute, ĉiuflanke pozitiva rikolto en la branĉo Infanlibro de la Jaro.

**Branĉo Eseo.** Juĝkomisiono: Gotoo Hitoshi, Antonio Valén kaj Giridhar Rao. Partoprenis 4 verkoj de 3 aŭtoroj el 3 landoj (1 el Ameriko, 1 el Azio, 2 el Eŭropo), nome 7 verkoj malpli ol pasintjare (11-9-8) kaj sama nombro de verkoj kiel en BK-2022 (4-3-3).

Pasintjare estis aljuĝitaj la dua premio kaj unu honora mencio. Ĉi-jare estis aljuĝita nur la tria premio. Ricevis ĝin la eseo *De drako al loongo: la malfacila tasko esperantigi ĉinajn vortojn*, de Rafael Henrique Zerbetto, el Brazilo. La unua premio, nomata Premio Luigi Minnaja, ankaŭ ĉi-jare estis ne aljuĝita.

Pri la ĉi-jare premiita konkursaĵo, unu el la ĵurianoj opinias jenon:

"Ĝi estas utila enkonduko pri la diversaj solvoj por esperantigi ĉinajn vortojn, kvankam la aŭtoro devus doni multe pli da ekzemploj (ĝi havas lingvajn makuletojn)".

Alia ĵuriano taksas la verkon "enhave interesa; strukture klara, kohera, kaj konvene longa. Sed lingve makulita pro eraretoj kaj frazoj foje trolongaj".

Unu plian fojon mi insistas pri la konveno submeti ĉiujn konkursaĵojn al lingva kontrolo far lingve kompetenta esperantisto antaŭ ol sendi ilin al BK.

**Branĉo Kantoteksto.** Juĝkomisiono: Ankie van der Meer, Ĵak Le Puil kaj Flavio Fonseca. Partoprenis 12 verkoj de 5 aŭtoroj el 4 landoj (2 el Ameriko, 3 el Azio, 7 el Eŭropo), nome 1 konkursaĵo pli ol pasintjare (11-7-7) kaj 8 konkursaĵoj pli ol en BK-2022.

Kvante do estis kresko. Ŝajnas, ke ankaŭ kvalite. Pasintjare estis aljuĝitaj la tri starigitaj premioj plus unu honora mencio. Nu, ĉi-jare al tio aldoniĝas dua honora mencio. La unuan premion kaj la duan ricevis tekstoj de neniu alia ol nia plurtalentulo Jorge Rafael Nogueras. Ankaŭ ĉi-branĉe li elstaras. Karesas la koron konstati jaron post jaro la brila literatura kariero de homoj kiel li, Brandon Sowers kaj aliaj bravaj junuloj kune beletrumantaj en aktiva rondo, kiu povus esti nomata Nord-Amerika Skolo. Ili ĉiuj ricevu nian apogon kaj nian instigon al tio ke ili plue profunde studu ĉiajn beletrajn eblojn de Esperanto kaj kreu verkojn komparcblajn kun tiuj produktataj en la kadro de la naciaj lingvoj.

Pri la kantoteksto ricevinta la unuan premion, *En la trajno de mil duboj*, de Jorge Rafael Nogueras, unu el la juĝkomisionanoj resumas sian opinion jene: "Originale traktita simpla temo. Perfekta strukturo". Kaj rilate al sia ĝenerala impreso pri la ĉijara rikolto en ĉi branĉo, li sciigas al ni jenon:

*"Eble mi tro atentis al temoj kaj metriko. Verŝajne, ĉar mi iom lacas de ĉiamaj samaj temoj; kaj, se la celo estas krei muzikon el tiuj poemoj, la metriko ja estas grava karaktero.*

*Krome, muzikaĵoj devas havi internacie kompreneblan (kaj facile prononceblan) lingvaĵon, ĉu ne?*

*Ĉiu konkursanta kantoteksto iel tiel samvaloras. Estas malfacile doni malmultajn poentojn al iuj".*

Alia plurtalenta verkisto, kies konkursaĵo atingis premion an-
kaŭ ĉi-branĉe, krom, kiel sciate, kadre de Prozo (unua premio)
kaj de Monologo aŭ Skeĉo (dua premio), estas Ewa Barbara
Grochowska. Trioblan gratulegon do, Ewa! Antaŭen plu kaj plu!

**Adiaŭe**

Kiel kutime, mi volas adiaŭi vin ĉiujn per plej elkora gratulo
al ĉiuj BK-premiitoj, instigante ilin al ĉiam pli profunda eniĝo
en la animon de nia lingvo kaj en la koron de la literaturo. Ne-
premiitajn konkursintojn mi profunde dankas pro ties parto-
preno kaj invitas ilin venontjare konkursi denove, surbaze de
plua studado de la lingvo, de ties literaturaj rimedoj kaj de
la aktualaj beletraj vojoj irataj de plej bonaj verkistoj en iliaj
respektivaj landoj. Beletremuloj neniam konkursintaj en BK, ek
al konkursado en venontaj okazigoj de tiu nia ĉiujara literatura
evento!

Kaj, kiel kutime, mi volas fini mian raporton per versoj, ĉi-okaze
per du poemoj el mia lasta poemaro *Semo de matenruĝoj*, pas-
intjare publikigita de Mondial:

**Tempo**

Antaŭ spegulo,
ĉe lunklar' Betovena,
fumĵeto el la viv-lokomotivo
nube
forviŝas la prezencon.
Ho, vundo ĉe la tempo!

Videblas panoramo
de kampoj el lazuro,
super kiuj flugilas viaj manoj
sun-duope.
Ho, plej dolĉaj karesoj!

Lante falas folioj
el la spegul-hidrargo,

kiujn en miaj polmoj mi kolektas
kiel semojn de puraj matenruĝoj,
ke ili ne perdiĝu.
Ho, vundo far la tempo!

Surpolmen mi blovetas,
kaj elpolmiĝas birde
kvar ruĝaj rozoj,
                 fakte lipoparoj.
Ho, pleje dolĉaj kisoj!

**Arbe**

Komence
mi fariĝis fruktarbo
fronde buntofolia.
Versoj birdis surbranĉen,
kiuj eltrilis miajn universojn
internan kaj eksteran.

Ĵus mi senfoliiĝis,
en la lasta lun-duon' de mia vivo,
kaj fariĝis verseto preta birdi
sur sekajn branĉojn de la homaj koroj.

Geamikoj, sanon kaj E-kulturon!
Sanon kaj Utopion!

www.ingramcontent.com/pod-product-compliance
Lightning Source LLC
Chambersburg PA
CBHW030150200626
46812CB00016B/1780